# 二人の怪物

街金の雄 アイチ 森下安道
サラ金の雄 武富士 武井保雄

向谷匡史

青志社

# はじめに

昭和の時代、株式会社アイチは商業手形割引と不動産担保融資を中心に、不動産担保ローンや証券担保ローンで金融界を席巻し、会長の森下安道《もりしたやすみち》は「街金《マチキン》の帝王」と呼ばれた。総資産五千四百三十八億円、融資残高は二千四百九十六億円に達し、第二地銀上位行に並ぶ資金力を誇った。

身長百五十五センチという小柄な身体ながら、森下の発する声は周囲を威圧する。高級仕立てのスーツの袖口から、宝石を散りばめた時価数千万円のオーデマ・ピゲをのぞかせ、クルマは金のロールス・ロイスとベントレー。パリに別荘の城《シャトー》を持ち、毎年夏の四十日間をヨーロッパで優雅に過ごす。田園調布に構えた大邸宅は贅《ぜい》をこらし、関係者から「ベルサイユ宮殿」と呼ばれた。

危機に瀕した企業に融資の金利を銀行金利の三十倍強の最高三六〇パーセントまで上

げて貸し付けたりして、倒産を待って根こそぎ持って行くことから、「マムシのアイチ」として恐れられた。

一方、株式会社武富士を率いた武井保雄《たけいやすお》は四坪の事務所から身を起こし、二十年足らずでサラ金業界トップに君臨する。二〇〇一年、サンデータイムズ紙（英国）が発表した世界の長者番付で、武井は日本人でただ一人ベスト50に入り、その五年後、フォーブス誌（米国）による二〇〇六年度「日本の億万長者ランキング」で資産五六億ドル（六千五百億円）の第二位と認定される。

個人相手の小口金融をメインとする武富士は、強引な取り立てが社会問題になる一方、東証一部、さらにロンドン市場に上場。保有株の大半を握る武井一族は一兆円の資産を有するまでになる。

森下とは対照的に服装や装飾品には凝らなかったが、杉並区に建つ邸宅は白亜の御殿であったことから、森下の「ベルサイユ宮殿」に対して「ホワイトハウス」と呼ばれた。

アイチの森下安道、武富士の武井保雄——。

彼らこそ、まさに昭和が生んだ「金融界の怪物」であり、最後は破綻したということにおいて「金融界の徒花《あだばな》」でもあった。

二人はともに裸一貫から金融ビジネスで一時代を築いた。それぞれの経営手法は社会から批判され、糾弾され続けた。融資を武器に会社を乗っ取り、担保を没収する手法は、江戸時代の昔から「悪徳高利貸し」として唾棄《だき》されてきた。それが日本人のメンタリティである。

では、二人はなぜそれを承知で高利の街金ビジネスの世界に身を投じたのか。

武井が団地金融を始めた当時、こう語っている。

「金を残せば、後々人はあの人は偉かったと言ってくれる。いくら現在、いいものを食ったたって糞になってしまえばみんな同じだ。俺は生活を切り詰めてもお金を残す」

武井は戦後日本の「拝金主義」を体現したということになるだろう。

一方の森下は洋服店を営んでいた当時、不渡り手形をつかまされて倒産。そのときを振り返って、側近に胸の内を、こう明かしている。

「悔しかった。悔しかったけど、それが世の中だと納得もした。私もカネを貸す側――手形で勝負しようと考えたんだ」

かつて、唾棄された〝乗っ取り〟は近年、M&Aという経営手法と名を変え、違和感なく受け入れられている。「生き甲斐」や「絆」といったことが叫ばれる一方、ＩＴ長者からスポーツ選手まで、「いくら稼ぐか」という収入の多寡《たか》が偉大さのバロメーターになっている。多く稼ぐ者が「偉大」であり「立志伝」に名を連ねるという価値観において、時代のヒーローは変われども、本質は同じということになる。

だが、平成という三十一年間を挟んで、昭和と令和を見くらべたとき、「時代のヒーロー」と呼ばれる者たちの〝人間的スケール〟は、天と地ほど違う。昭和という時代に存在した「二人の怪物」は、存在の是非を超えて、私たちに大きな示唆を与えてくれるだろう。

本書は、世間の耳目を集めた出来事の真相を解明しようとするものではない。街金・サラ金を糾弾するものでも、擁護するものでもない。「怪物」と呼ばれた二人の人物像、そして二人が何を考え、何を目指し、その結果、何がどうなったのかということを、令和の新時代に、私たちの〝映し鏡〟として提示するものだ。アイチと武富士の元関係者、また両社と関わりのあった金融機関、森下、武井の両氏を知る人たちに取材し、ノンフィクション・ノベルとして構成した。一読すれば、金融業界の凄まじさと同時に、「人間の業《ごう》」というものについて、また違った見方ができるものと自負する。

「おカネを儲けることは悪いことですか？」

二人のそんな声が聞こえてくる。

令和元年十一月

向谷匡史

# 第一章　財を成す……13

# 第四章 すべての営みは〝弱肉強食〟

## 第五章　バブルの残影……181

装丁・本文デザイン
岩瀬　聡

# 第一章

# 財を成す

## マムシの森下

　四月初旬の週末、株式会社アイチが所有する山形・蔵王の別荘で二泊三日の新入社員研修が行われた。

　別荘の玄関のドアノブは手首の形になっているため、握手してドアを開ける趣向になっている。東京・四谷の本社からリムジンバスで乗りつけた二十名の新入社員たちは、森下安道会長のアイデアに茶目っ気を感じて歓声をあげた。カネに糸目をつけず、森下が自分好みに建てたものだけに、瀟洒《しょうしゃ》で贅をこらした別荘は建築雑誌はもちろん、各種メディアで取り上げられていた。東京から距離があったが、森下は新人研修や幹部研修など好んでここを使用した。

　役員が腕時計に目をやった。

「そろそろ時間だ。並ばせろ」

傍らの部下に告げると、

「さあみんな、外に出るぞ」

声を張り上げ、新入社員たちを芝を敷き詰めたゴルフコースのような広い庭に横一列に整列させてから、空を仰いだ。新入社員たちもそれにつられるように顎を上げる。蔵王連峰の晴れ渡った青空に、ポツンと小さな点のようなものが浮かんでいて、しだいに近づいてくる。やがてバリバリバリバリと乾いた音をともない、小型のヘリコプターが一直線に降りて来る。

「会長のご到着だ」

役員の緊張した声に新入社員たちがどよめき、顔を見合わせてから、あわてて姿勢を正した。

自家用ヘリなどまだ珍しく、超多忙の田中角栄元首相がヘリを使って遊説したというので話題になった時代である。森下が自家用ヘリを使用するのは、多忙であるということよりも、経営トップとしてステイタスの誇示であったのだろう。実際、これに刺激を受けて〝バブルの紳士〟たちが次々に自家用ヘリを所有することになるのだが、森下はこれをビジネスチャンスと見るや、すぐにヨーロッパのヘリコプターのメーカーであるアグスター社と正規代理店契約を結び、やがて訪れるバブル景気の波に乗ってヘリを売りまくる。こうしたところに、森下の時代を読むビジネス感覚が見て取れる。

役員、上司、先輩、そして新入社員たちが直立して待つなかを、森下がヘリから降り立って軽く手を挙げた。別荘に向かってゆっくりと歩いて行く。パンチパーマに、縦縞が入った三つ揃いの派手なスーツ。手首からのぞく腕時計が身体の揺れに合わせてキラキラと輝いている。ダイヤが散りばめられたオーデマ・ピゲで、時価数千万円だと、あとで新入社員たちは先輩から聞かされて驚くことになる。

森下の身長は百五十五センチ。間近で見る身体は針金のように細く、整列する社員たちの顎のあたりまでしかなかったが、ゴルフ焼けと思われる浅黒い顔は精悍で、近寄りがたい雰囲気を全身から発散させている。強引なビジネス手法から「マムシの森下」と呼ばれていることを新入社員たちは週刊誌で知っている。だが〝金貸し〟は昔から悪役と決まっている。しかも会長のこの雰囲気からすれば、そう呼ばれても仕方がないだろう。むしろ金融業者にとって誉め言葉かもしれない――そう思っていた。アイチの会社案内に一九三二年七月の生まれとあるから、森下会長はこのとき四十六歳。脂が乗り切った働き盛りということになる。

## カネは時として命より価値を持つ

午後一時から始まる研修に先立ち、森下会長の挨拶と訓示があった。

壇上に立った森下は着席するように手でうながし、型どおりの祝辞を述べてから表情を一変させ、

「担保さえ押さえておけば、カネはいくら貸しても安心である」

腹に響くような声で持論をぶち上げた。

「たとえば十億円を貸し、土地でも株でも十五億の担保を取っていればコゲつきは絶対にない。子供でもわかる計算だ。ところが一番抵当権は銀行が取る。企業がカネを借りに行くのはまずメインバンクで、融資枠が一杯になったところでノンバンク――すなわち、私たち街金を頼ってくる。当然ながら抵当権設定の順序は下位となり、コゲついたときのリスクは高くなる。しかし――」

一段と声を張り上げ、

「カネは貸さなければビジネスにはならない！」

間を取り、一様にうなずくのを満足そうに見やってから続ける。

「だから手形を振り出させ、これを担保に融資する。中小企業にとっては手形は命と同じで、不渡りを出した時点で事実上の倒産となる。これが銀行融資であれば、支払い猶予ということにして待ってくれるが、手形に〝待った〟はなく、即不渡りになってしまう。アイチの強みは、企業の命である手形を担保に取っているところにある」

ひと呼吸置くと、

「諸君は銀行と街金との違いがわかるかな？　両者は相撲とプロレスにたとえられる。銀行は相撲取りだ。行事の〝発気《ハッケ》よい！〟でぶつかり、手をついても土俵から足が出ても、その時点で負けになる。しかし、プロレスはそうじゃない。殴り倒されて手をつこうがブッ倒れようが、両肩がマットについてレフリーがワン・ツー・スリーとカウントするまでは負けはない。何度、倒されてもいい。場外乱闘になっても10カウントされないうちにリングにもどればいいし、これは何度繰り返しても構わない。

つまり我々は融資した相手が倒産してからが勝負ということだ。担保がなければ、トラックを乗りつけて家具から何からいっさいを運び出して売り飛ばす。自宅に乗り込んで占有し、債権者が競売で自宅を落とせば立ち退き料をこちらが頂戴する。金額的にはいくらでもないが、そこまでやって初めてビジネスとなる。おカネ貸しました、倒産しました、コゲつきました、残念でした、では金融ビジネスは成り立たないのだ」

新入社員たちの顔が強張《こわば》っている。「おまえたちが大学で学んだ金融論や経済論は所詮、理屈を振りまわす〝机上のお遊び〟に過ぎない」——森下会長はあえて冷水を浴びせたのだった。

「おカネは、命の次に大事なもの」と言われる。だが、借金苦で自殺する人間がいるように、カネは時として命よりも価値を持つ。これは厳然たる事実であるにもかかわらず、カネの貸し借りが命の貸し借りと同じであることを体験として知っているのは、おそらく新入社員のなかに一人もいないだろう。金融はマネーゲームではなく、命を懸けた修羅場のビジネスなのだ。

ちなみに「街金」とは通称で、

「街角で営業しているから」

「繁華街の雑居ビルで営業している会社が多いから」

と由来には諸説あり、アイチのように大手になるとノンバンクと呼ばれる。

「サラ金」はサラリーマン金融を縮めたもので、これも街金の範疇に入るが、サラリーマンや主婦、学生を対象に無担保の小口金融を行うのが特徴であり、後年、「消費者金融」と呼ぶ。現在の消費者金融系カードローンの前身となる形態と言えばわかりやすいだろう。

森下会長は冷水を浴びせておいて、一転、おだやかな口調に変えて続ける。

「諸君も承知のように、銀行というのは晴れた日に傘を差し出し、雨が降ればその傘を問答無用で取り上げてしまう。我が身の安全が第一であって、決してリスクを取ろうとしない。しかしアイチは違う。雨に濡れようとしている人が〝傘を貸してください〟と言えば躊躇せずに手渡す。そして傘を借りた人は、菓子折の一つも持って、その傘を返しに来なければならない。もし傘が返ってこなければ、アイチは別の人間に貸すことはできなくなってしまう」

言葉が新入社員たちの脳裏にしみこむのを待つようにして、

「これから先は言わずもがなだろう。責められるべきは傘を貸したアイチではなく、借りておいて返さない人間であることを忘れてはならない。世間は言いたいことを言うものだ。諸君はそんなものに心を動かされることなく、堂々と自信をもって職務に邁進してもらいたい。そして、わが社は徹底して実力主義を貫くことにおいて平等であることを最後に申し添えておく」

と締めくくった。

新入社員たちの表情に精気がもどり、会場は拍手に包まれたのだった。

## 働きアリの法則と〝噛ませ犬〟

この時代――一九七〇年代の後半は、円高不況にオイルショックが追い打ちをかけ、新卒学生にとって就職氷河期と呼ばれた。業種を問わず各企業が採用を控えるなか、二十名の採用は経済界から驚きをもって見られた。しかも、全国の国公立・一流私大から四百人を超える応募があったのは、就職難という理由だけでなく、給料の高さと手厚い福利厚生にノンバンクの将来性を見たのかもしれない。数字に明るく、在学中に税理士資格を取った者もいた。

金融関係では武富士の給料が最高額で、二位がアイチだが、アイチは週休二日制。いまから四十余年、松下電器（パナソニック）など一部の大企業をのぞいて、そんな会社はなかった。福利厚生面では伊良湖福利厚生施設のほか蔵王カントリークラブ、上越国際カントリー、川越グリーンクロス、小田原城カントリー倶楽部、さらに上越国際スキー場など各地に多数所有していて、社員は無料でプレイすることができた。余暇と生き甲斐が少しずつメディアで取り上げられるようになり、将来性と同時に、福利厚生がどれだけ充実しているかは、学生にとって企業を選択する場合の重要なファクターになりつつあった。

当時の武富士は融資残高は百億円程度に過ぎなかったが、サラリーマンや主婦相手の小口金融であることを考えれば急成長の会社であり、「¥ｅｎＳｈｏｐ武富士」のキャッチフレーズでＰＲ攻勢をかけている。一方のアイチも成長はめざましい。だが両社は大企業でも一流企業でもなく、「街金」「サラ金」は決して世間に自慢する業種でもなかった。それでもエリート学生たちが就職試験に大挙してエントリーしたのは、将来性と待遇面でアピールするものがあったのだろう。

研修のあとで、新入社員の親睦会が行われた。一人ずつ自己紹介をしたが、著名な大学の出身者に交じって、高卒と三流大学出身者がいた。入社試験の競争率が二十倍を超える難関だけに、三流大学はともかく高卒で合格するのは難しいはずだ。おそらく縁故採用だろうとみんなは思っていたが、

「まさか自分が受かるとは思わなかった」

と彼らは自己紹介で言った。

これは一部の幹部しか知らないことだが、二人は森下会長の組織論にもとづいて採用されたものだった。周知のように、組織は「働きアリの法則」にもとづいて語られる。「二割はよく働き、六割は普通に働き、二割は怠ける」というもので、組織は「よく働く二割」を集めて構成しても、やはり「二・二・六」に分かれるとする。したがって一流大学出身者を集めても、全員が「よく働く」というわけではなく、必ず二割は怠けるということになるが、これと同じことを森下は、

「闘犬を強く育てるには〝噛ませ犬〟が必要だ」

という独特の組織論で語る。

「噛ませ犬」とは闘犬界の言葉で、調教する犬に自信をつけさせるために充《あ》てがう弱い犬のことだ。噛みつかれるためだけの存在――それが「噛ませ犬」であり、彼らは勝負の土俵に立つことさえもなく、毎日を悲鳴をあげながら生きていく。残酷な育成法だが、これは闘犬界に限らないことを森下会長は熟知していた。エリートは「見下す人間」がいて初めて自分に自信を持ち、力を発揮するという差別構造の上に成り立っている。

だが、森下の凄味は、「噛ませ犬」が強くなって〝エリート犬〟を食い殺すことも想定していることだ。実社会は闘犬界と違って勝敗が単純でなく、「噛ませ犬」のほうが強くなることもある。学歴も閨閥もなく、裸一貫から身を起こした人間がビジネスで成功することもあれば、人望を得て組織のトップに立つこともある。立志伝は人間社会につきもので、

（まさに自分がそうではないか）

という思いがある。

高卒と三流大の新卒が「噛ませ犬」としてその役割を果たすもよし、噛まれることに反逆して頭角を現し、エリートたちを食い殺すもよし。どっちに転んでもアイチにとってはプラスになる。これが森下の組織論であり、リアリストの冷徹な計算ということになる。

研修最終日の夜、森下も出席して懇親会が催された。立食形式で、酒が一滴も飲めない森下は、ウーロン茶を入れたグラスを片手に新入社員たちの間をまわって気さくに話しかけていた。新入社員たちは胸に氏名を記したプレートを付けているので名前はわかるが、

「キミは○○大の商学部だったな」

と出身校だけでなく、学部まで覚えていることに彼らは感激する。そして出身地のこと、学生時代のこと、趣味のことなど、森下は笑顔で一人ひとりに語りかけ、握手していくのだが、高卒と三流大卒の二人は一声かけただけでスルーした。二人は屈辱と同時に、ファイトを燃やしたことだろう。

## ゲン担ぎの武井

同期のなかには、武富士を併願した者もいれば、説明を聞きに会社訪問した者もいる。会社帰りに居酒屋で一杯やったときなど、同じ金融業ということで自然と武富士のことが話題になったりする。

同期で有名私大卒の一人が、

「武富士を会社訪問したときにさ」

と、みんなにこんなエピソードを披露する。

「俺が名前を言うと、応対した課長がオレの名前を人差指で机に書きつけながら〝一、

二、三……〟と口に出して画数を計算するんだ。そして〝総画で三十六か。ウチは無理だね〟だってさ」
「なによ、それ」

同期の一人が口を挟む。

「三十六画はなぜか武井会長が嫌うんだってさ。受験しても、一〇〇パーセント不合格になるって言われた」

「占いで採用するの？」

「それだけじゃないだろうけど、武井会長が占いに凝っているのは確かみたい」

「経営トップが占いに頼るのは問題じゃない？」

「いや、占いは経験則に基づく法則だ」

一流大学出身者らしく理屈を持ち出して擁護する者もいた。

「法則は事実《ファクト》から導き出される結論であって、法則に導かれて事実《ファクト》が生じるわけじゃない。そういう意味で、占いには一定の合理性がある」

誰も賛同せず、多くは〝占い経営〟に批判的で武井会長の悪口大会になったが、

「だけど武富士は急成長している。これは事実じゃない？」

と一人が言った。

これこそまさに〝事実《ファクト》〟で、異をはさむ者はいなかった。一昨年の一九七八年四月、池袋東口にアジア一の高さを誇る超高層ビル「サンシャイン60」が完成し、この地のランドマークになるのだが、武富士は同ビルの竣工と同時に本社をここに移転。業績の好調ぶりを示すものとして金融業界で話題になったばかりだった。

経営トップで、占いを判断の参考にする人は珍しくない。方位の吉凶を気にする人、あるいは運気を期待して神仏に手を合わせる人ならいくらでもいる。最終決定権者として、自分の決断が企業の命運を左右するとなれば、そのプレッシャーは想像を絶するものがある。調査に調査を重ね、吟味に吟味を重ね、徹底的にシミュレーションしてなお結果は保証されないとなれば、占いや神仏に頼りたくもなるだろう。

だが、武井会長の占いとゲン担ぎは常軌を逸している。例をあげれば枚挙にいとまがないが、たとえば、ある設計事務所の責任者が武井に新築ビルの図面を広げて説明をしたときのこと。

「ご覧のように、ビルの側面は縦が四十二メートルございまして……」

と言ったとたん、

「何ィ！　貴様、出ていけ！」

怒声を発するや、テーブルをひっくり返してしまったのである。唐突のことで責任者は何が起こったのか理解できず、顔面を蒼白にして「申しわけございません！」を繰り返した。「四十二」という数字は「死に」と読めることから、武井会長が忌み嫌っていることを責任者は知らなかったのである。

武井会長の側近であれば周知のことだが、嫌いな数字は四（死）、四十九（死苦）、四十五（死後）、さらに先の新卒が姓名の画数について話したとおり、画数にはこだわりがあって、相手がどんなに社会的地位があろうとも、姓名の画数が二十七か二十であれば会わないことさえある。反対に好きな数字は七、八、二十一、ゾロ目の七十七と八十八。武井会長にとって数字は絶対なのである。

数字以外では、テーブルでお茶をこぼした席には絶対に座らないし、自分が座る椅子の背に人がドンと当たるのはゲンが悪いとして忌み嫌う。社員にとって気の毒なのは、本人の与《あずか》り知らないことで吉凶を判断されることだ。凶報がもたらされたときにたまたま用事で会長室に入ってきた部長は、

「この男は縁起が悪い」

と言って即刻解雇。反対に吉報が飛び込んできたときに居合わせた人間は、縁起がいいとして可愛がる。先祖供養も熱心で、「いまの自分があるのはご先祖の守護のおかげ」と感謝し、毎朝、仏壇に手を合わせるという。

一方、アイチの森下会長はどうか。

「占いなんて信じるタイプじゃないな」

と、この夜の居酒屋で新人社員たちが口をそろえたように、森下の風貌と雰囲気、しゃべり方はリアリストそのもので、占いといった不合理なものが入り込む余地はないように思われる。実際、森下は占いに頼ったりゲン担ぎはいっさいしない。神仏にすがることもない。

だからこんなことを口にする。

「当たるも八卦、当たらぬも八卦。そんなものに頼るわけにはいかない。神仏だって、初詣を見ればわかるように、みんなは欲の塊だ。賽銭を投げて、あれもこれもと願い事をしすぎだな。そんなことで願いが叶えば人生、楽なもんだ。神仏に対しては願い事じゃなくて感謝をするんだ。いままでの人生に対して〝ありがとうございます〟、そしてこれからの人生に対して〝頑張ります〟。感謝と誓いの言葉だけを言って、余計なことを言う必要はない」

努力で人生を切り拓いていくという人生観である。

武井と森下という「二人の怪物」は金融ビジネスでのし上がったことは同じであっても、「ゲンを担ぐ」ということにおいて真逆の価値観を持っているように見えるが、実はそうではない。イワシの頭を信じるのも「ゲン担ぎ」であるなら、そんなものが信じられるかと嗤《わら》うのも「ゲン担ぎ」なのだ。つまり「信じない」を信じていることにおいて同質であり、この信念に揺らぎがないということである。

その森下に、神仏をめぐるこんなエピソードがある。愛知県の伊良湖に社員が利用する福利厚生施設を建てることになったときのことだ。ヘリポート付き、プール付きの豪華な建物で、造成にかかったところが何体もの遺骨が出てきた。このあたりも空襲を受けているので、戦争で亡くなった無縁仏である。森下は「気の毒だな」と言って自費で石碑を建立し、丁重に祀ったのだった。

森下の真意はわからない。

自己満足か、同情か、それとも善根を積むことがプラスに作用するという利己的な計算なのかはうかがいしれないが、無縁仏に同情を寄せるのもまた、「マムシ」と呼ばれた男の一面なのである。

## 財を成す人間に共通する価値観

蔵王の別荘だけでなく、四谷にあるアイチ本社ビルは、森下の好みで内装には贅をこらした。応接室に案内されると、その豪華さには誰もが目を見張る。総ガラス張りで、敷き詰められた絨毯《じゅうたん》は靴が埋まるほど毛足が長く、土足がためらわれるほどだった。一流ホテルといえども、この雰囲気には及ぶまい。応接室はもちろん、廊下やエレベーターホールなどに掛けられたルノワールなどの絵画はすべて本物で、このこと一つ取っても、訪問者はアイチの急成長ぶりを目の当たりにするような気持ちになる。

本物と言えば、社員一人ひとりに木製の立派な机が与えられている。一代で財を成した経営者は、たいてい自身の机はマホガニーにするなどカネをかける一方、社員たちは安価なスチール机ですませるということが少なくない。机は作業台に過ぎず、立派なものを与える意味がないというわけだ。

ところがアイチは違った。新入社員たちが初出社した日、こんな立派な机に座っていいのかと遠慮するほどだった。森下会長の一流好みということもあるのだろうが、社員たちがいだく「高利貸し」という社会的な負い目を払拭する効果も狙っていたのだろう。事実、自分たちは手形割引という金融ビジネスに従事しているのだという誇らしい思いがあり、立派な机は自尊心をくすぐった。

名刺もハデなものだった。ダイヤブロックのように組み合わせた菱形のマークが光に反射して虹色に輝き、社名は真っ赤なペイント。気恥ずかしくなるように名刺だったが、アイチの社風を肌で感じる新人たちは、会社の勢い象徴と感じ、得意になって名刺を切るのだった。

だが一方、森下の社員教育は厳しかった。

研修から帰った翌週のことだった。主任から命じられた新人が急いでコピーを取ろうとして、馴れぬ操作にトレイの選択を誤り、プリントミスをしてしまった。舌打ちをしてコピー用紙を丸めて屑入れに放り込んだところが、

「おまえ、何してる！」

背後から落雷のような言葉を浴びせられて飛び上がった。新人が振り返ると、顔を朱に染めた森下会長が仁王立ちしていたのである。

「裏はメモに使えるだろう！　拾え！　拾ってシワを伸ばせ！」

「は、はい！」

あわてて手を伸ばしたため、つんのめって屑入れと一緒に床に転がったが、笑う者は一人もいない。同期も先輩たちも、会長の視線を避けるように自席で身体を固くし、書類に目を落としていた。

森下の声の大きさは人の十倍と言われ、債権者集会で舌鋒鋭く経営陣に迫る迫力は周囲を威圧した。その声で怒鳴りつけられたのだから、新人が震えあがるのも当然だっただろう。森下がそれを意図したかどうかわからないが、一罰百戒ならぬ〝一喝百粛〟であった。

金融業は書類が多く、膨大な量のコピーを取るため、それに比例して不要紙がたくさん出る。手形関係や重要書類などはシュレッダーにかけるが、プリントミスしたコピー用紙や、人に見られてもかまわないようなものは丸めて屑入れにポイ捨てするが、森下はそれを絶対に許さなかった。

コピー用紙だけではない。コンピュータがまだ普及していなかった当時、経理課では印字ローラーがついた電卓を使用していた。キーを叩き、集計してスイッチを押すと計算式が印字されて出てくる。飲食店のレシートと同じで、計算式を確かめてから屑入れに捨てる。

ところが、たまたま経理課にやって来た森下がそれを目にして、

「メモ用紙に使え！」

怒鳴りつけたことがある。

こうしたことから、アイチでは余白のある紙はすべてメモ用紙に使うことが徹底されているのだが、新人はそのことを先輩社員から注意されてはいても、まさか会長がそこまで激怒するとは思っていない。この日の一喝はまさに〝一喝百粛〟となり、瞬時にして新入社員たちに浸透する。人間の心理は面白いもので、プリントミスした紙をメモ用紙に転用し、使用したあとも、それを屑入れに捨てるときも、社員の誰もがそっと背後をうかがうのだった。


無駄を戒めるということでは、武富士の武井会長も同じだ。たとえば、駅前や繁華街で、店の電話番号を記したポケットティッシュを宣伝用に無料配布するが、武井はみずから製作単価をチェックする。

「おい、このティッシュの単価は高いじゃないか！」

宣伝部のドアが勢いよく開くと同時に野太い声が飛び込んできて、たまたま打ち合わせで来訪していた広告代理店の営業マンが驚いて飛び上がったと語っている。武井会長は恵比須《えびす》顔のような福相をしているが、怒ると縁なしメガネの奥の目が吊り上がり、修羅の表情に一変する。営業マンの存在など眼中になく、ポケットティッシュをテーブルの上に投げつけると、

「あと二円負けさせろ！」

担当社員に怒声を浴びせ、

「承知しました。二円負けさせます！」

担当社員が直立不動で復唱すると、

「いいか、無料で配る宣材だぞ！　余計なカネかけてどうする！」

言い捨てると足音を立てて出て行ったという。

ティッシュの製作単価に会長が口を出し、しかもあそこまで激怒することに営業マンは驚いたが、担当社員に言わせれば、

「節約できるものは一円でも節約し、カネをかけるべきところには惜しみなく使う。こ

れが武井流なんですよ。ラーメン一杯食べるのだって、似たような味であれば必ず安いほうの店に入るし、私たちにもそうしろとおっしゃいます。食べ物だけでなく、日用に使う損耗品などのおカネは、一円でも安くしようとする。消費におカネをかけるのは意味がないというわけです。だからご自身の判断で一円でも二円でも高いと思えば我慢がならなくなる」

無駄と思われるものはとことん切り詰め、必要なものには惜しみなく大金を投じる。これが「怪物」と並び称される二人に共通したマネー観であり、そこには「周囲にどう見られるか」「どう思われるか」といったミエなど微塵もない。

「そこまでやるのか」というのではなく、「そこまでやるから今日の成功がある」と、彼らは考えるのである。

## 森下安道の「ベルサイユ宮殿」

五月の連休を前にして、アイチの新入社員たちは「研修」に参加するようを命じられた。

「明朝九時、田園調布の会長宅に集合。作業しやすい服装で来るように」

「何の研修ですか？」

「来ればわかる」

「用意するものはありますか？」

「汗を拭くタオルを忘れないようにしろ」

そう念を押されて、新人たちは身体を使う研修であることは推測できた。

森下邸のある田園調布は大田区の最西端に位置し、田園調布駅は渋谷から東急線で十数分の距離である。

日本屈指の高級住宅地として知られ、森下邸は駅の西口から徒歩七、八分ということだった。

「行けばわかる。大豪邸があれば、それが会長宅だ」

と部長が言ったとおり、新人たちの誰もが四つ角を曲がると、唖然として立ち尽くした。

三階建ての洋館を三メートルを越える壁がぐるりと囲い、建物も壁もレンガ色に統一されている。

敷地は一、七七八平方メートル——約五百四十坪であることをあとで知る。敷地の一辺が五十メートルはあり、写真に写そうとしても標準レンズのカメラでは全体が入らなかったと、先輩社員は言ったものだ。

立派な邸宅が建ち並ぶなかでもひときわ目立つだけでなく、すでに当時、邸宅にはテレビカメラが据えられるなど、万全のセキュリティー対策が講じられていた。絵画の蒐《しゅう》集《しゅう》が趣味の森下は、別荘としてパリに城《シャトー》を所有しているが、この邸宅は社員たちの間で「ベルサイユ宮殿」と呼ばれていた。

部長と主任が、上下になったグレーの作業着を着て玄関先で待っていた。二十名の新入社員がそろったところでインターフォンを押し、秘書に先導されて〝宮殿〟の中へ入っていく。床は磨き上げられた大理石で、全員がおっかなびっくりで、氷上を歩くように進む。

「この大理石は」

部長が足を止めて解説する。

「会長がみずからヨーロッパの発掘現場まで足を運んで選んだものだ。そこのドアの把手も、あそこのステンドグラスもすべて、会長がパリとイタリアへ行って特注したものだ。天井を見てみろ。素晴らしいだろう。これもヨーロッパから職人を呼んで造ったものだ。三階には大理石の風呂があって、晴れた日には窓から富士山を眺めることができる。会長のお気に入りだ」

　新人たちはスケールの大きさに息を呑み、声さえ出なかった。

　その様子を見て主任が、

「ここにお客さんをお呼びしてホームパーティーを開くんだ。そのときはキミたちにも手伝ってもらうが、Tホテルからコックを何人も呼んで料理をつくらせるんだ。接客のために一流どころの芸者衆が三十人ほどやって来る。壮観なんてもんじゃない。度肝を抜かれるから気をつけろ」

　そう言って笑った。

　武富士の武井会長と森下は旧知で、武井をここに招待したところ、「この家は素晴らしい」と感嘆し、やがて三十億円を投じて自宅兼研修施設を杉並に建てる。「真正館」と名づけられているが、森下の豪奢な「ベルサイユ宮殿」に対して、瀟洒な白亜の武井邸は「ホワイトハウス」と呼ばれた。そして武井も森下同様、正月と夏の年に二回、取引先などを集めた豪華なパーティーを開き、一流ホテルのシェフを出張させて豪華な料理をつくらせるのだった。

森下はコピー用紙を一枚としてムダにさせない。武井は宣伝用のポケットティッシュの製作単価をめぐって一円、二円にこだわる。それでいて、カネをかけるべきところには惜しみなく巨費を投じるというのは、こういうことを指す。戦国武将の昔から城は富と権力の象徴であることを思えば、二人が邸宅に贅を凝らすのは当然だったろう。富と権力に人々は集まり、ビジネスチャンスはそこに生まれるのだ。

## 「ワガママ術」がカリスマを作り上げる

主任の指示に従って、先輩社員たちが掃除用具を床に並べた。新人たちはそれを見て、研修とは会長宅の掃除であることを知る。不満の声が一つとしてあがらないのは、ひとえにアイチの社風と森下のカリスマ性によるのだろう。

「それでは掃除の分担を決める」

主任が声を張り上げ、数人ずつのグループに分けられたが、応接室を担当した四人には用具が何も渡されない。

「あのう、掃除機はどこですか?」

一人が主任に質問すると、

「バカ野郎！　絨毯のゴミは指で拾うんだ。ついて来い！」

キョトンとする新人たちを応接室に連れて行くと、主任はその場に四つん這いになり、絨毯の匂いを嗅ぐかのよう顔を近づけ、

「こうやって四人が横一列になってゴミを拾っていくんだ」

「掃除機をつかったほうがきれいになるんじゃないですか？」

「おまえな、この絨毯がいくらするか知ってるのか。何億円もするんだぞ。掃除機なんか使ったら悪くなるだろう」

こうして四人は一列横隊で四つん這いになると、三十畳ほどの応接室を亀のようにのそのそと進み、右手の指先で小さなゴミをつまんで左の手のひらに握り込んでいく。毛足が長いので、猿が毛繕《づくろ》いをしているようだった。

「ご苦労さん」

野太い声に四人が顔を上げると、森下会長が立っていた。あわてて身体を起こそうとするのを制して、

「そこ、髪の毛が落ちているぞ。それからそこ、白い糸くずがある」

四人があわてて森下が指さす方向に顔を近づけたが、見つからない。

「そこだ、そこ！　わからないのか！」

四人は絨毯に這いつくばったまま竦《すく》み上がるのだった。

怒鳴りつけられたのは応接間グループだけではない。来客用のクローゼットを担当した二人は、信じられないことでどやしつけられた。

「そこのハンガーを見てみろ！」

「なにか？」

「なにかじゃないだろう！　見てわからないのか！」

二人が顔を見合わせたので、業を煮やした森下が、

「このハンガーだけ向きが違っているだろ！　わからんのか！」

言われて、二人は初めてそのことに気づいたが、なぜ会長がそこまで怒るのかが理解できない。二人の当惑の表情が火に油を注ぐことになる。

「バカ者が、たかがハンガー一つくらいで何を怒っているのかと思っているだろ！　いいか、自分のなすべき役割に全身全霊を傾けろ！　ゴミ一つ、ハンガーの向き一つを見逃すような人間に仕事ができるか！」

掃除を仕事論に昇華させるということにおいて、会長宅の掃除は文字どおり「研修」であったが、そこまで気づいた新人が果たして何人いただろうか。

いまの時代であれば、森下会長の叱責は間違いなくパワハラである。自宅の掃除をさせること自体、ブラック企業であり、公私混同として厳しく批判される。しかも、絨毯のゴミ取りといい、ハンガーの掛け方といい、あまりに細かいことを言い過ぎる。経営トップの処し方としていかがなものかという批判は当然あるだろう。

だが、視点を「経営トップ」から「カリスマ論」にまで広げて考察すると、また違った様相が見えてくる。

森下会長は気難しく見えるが、一歩引いて考えれば、社員は会長を御しやすいのだ。どういう態度を取れば怒るか、どういう態度をとれば機嫌がよくなるか、線引きがハッキリしているので、ツボさえ心得ておけば楽なのである。龍にたとえれば〝怒りのツボ〟である逆鱗の場所が明確にわかっているので、そこに触れさえしなければいい。そういう意味で楽なのだ。

だが、さらに視点を変えれば、

「こうすれば怒る、こうすれば機嫌がよくなる」

ということを尺度に社員が行動を律するということは、自分の意志で律してるように見えて、実は会長に強要されているということなのである。

ひらたく言えば、

「オレの気に入るとおりに動け」

ということなのだ。

ここにカリスマの「ワガママ術」がある。森下も武井もワガママなのではなく、ワガママを押し通すことがカリスマをつくりあげる一因になっていることを皮膚感覚で熟知しているのだ。

言い換えれば、

「こんな無茶を言ったら社員が気の毒だな」

といった良識ある人は、絶対にカリスマにはなれないということなのだ。

掃除だけではない。森下は机の上を乱雑にすることを徹底して嫌う。ある夜、森下が経理課に入ってきて、帰宅した社員の机の上にボールペンとメモ帳が置かれているのを見て激怒。ゴミ箱へ放り込んでしまった。だからアイチでは、仕事が終わって会社を出るとき、備えつけの電話以外はメモ用紙といえども机の上に置くことは許されなかった。森下の理不尽である。机は各人が仕事しやすいように使用すべきもので、経営トップが整頓好きだからといって、それに従わせるものではない。だが、その理不尽さを押し通し、社員に従わせることによってカリスマになっていくのである。

このことは森下だけではなく、武富士の武井会長も同じだ。武井の短気さはよく知られるところで、たとえばレストランで料理が出るのが遅いと怒って帰ってしまう。

「なんと短気な」

と同席した人はあきれるが、同時に「武井さんを待たせてはいけない」という思いが刷り込まれる。

あるいは電話をかけて、相手が保留にして待たせようものなら、武井は即座に切ってしまう。すると相手は大あわてで掛け直してくる。

武井は言う。

「この駆け引きが大事だ。この人は待たせてもいい人だと思われたら、それで負けだ」

相手を怒らせるか従わせるか、ギリギリのところで勝負する——これが武井の人間関係術なのである。

武井はこの手法を目下の者だけに用いるのではない。フィリピンのフィデル・ラモスが一九九二年に第十二代大統領に就任したときのことだ。旧知の武井は就任式に招待され、式当日の夜、ラモスと会う予定になっていたが、大統領府からの通知で翌日に変更になってしまった。大統領就任式となれば、各国から要人がお祝いにやってくる。旧知とはいえ、一金融業社長のために新大統領が時間を割くということ自体が異例で、日にちの変更があってもやむを得ないと考えるのが普通だが、武井は違った。

「私は明日、日本に帰る」

会わない——そう言っているのだ。後日、ラモス大統領から丁重な詫び状が届いたとされ、その後も親交がつづいたというから、武井がラモス大統領を御したということになるのだろう。

レストランで料理が出るのが遅ければ、ほとんどの人がブツブツ言いながらも、同伴者がいれば我慢する。電話を保留にされ、〝保留メロディー〟を延々と聞かされれば誰だって腹のなかで舌打ちをするが、切る人はいない。だが武井はそれを好機とし、「うるさい人間」と思わせることで精神的に優位に立とうとする。

「あの人は、こういう人だから」

という強烈なイメージをみずからつくりあげ、それに周囲を従わせる。森下と武井が修羅場で体得した人間関係術なのである。

## 森下の根底にある「怨念」というバネ

アイチの森下安道は一九三二年七月二十二日、愛知県渥美郡福江町に七人兄弟の末っ子として生まれた。地元の伊府商業高校を卒業後、岡崎市の洋服店に勤めたあと上京し、港区金杉橋でマルフジ服飾という会社を創業する。元来、働き者ということもあり、商売は順調に伸びて、東京周辺に裁縫工場のほか四店舗を構えるまでになる。

当時の取り引きは、手形と小切手。森下は製品を納めれば代金は手形でもらい、生地などの仕入れは手形で支払う。企業規模の大小にかかわらず、ビジネスとはとどのつまりは資金繰りが勝負で、人体を企業とすれば資金繰りは血液の流れに相当する。大柄で壮健な身体であっても、血液が止まれば死んでしまう。まして四店舗を持つとはいえ、個人商店に過ぎない洋服テーラーが不渡り手形をつかまされたらどうなるか。マルフジ服飾はあっけなく倒産する。

地方から大都会に出てきた若者が辛苦し、営々と築き上げた店が、手形という紙切れ一枚で木っ端微塵に吹っ飛んでしまうのだ。

「悔しかったよ、本当に悔しかった。けれども、それが世の中だと納得もした。だったらオレもカネを貸す側――手形で勝負しようと考えたんだ」

不渡りを食ったときの悔しさを唇を噛みしめるようにして語り、森下からこの話を聞いたアイチ内外の人間は「怨念」の二文字が脳裏をよぎったと口をそろえる。

「上昇志向よりも、怨念のほうがモチベーションは高くなる」

という森下の人生哲学は、おそらくこのとき確信したのだろう。たとえば、大富豪になりたいという目標を持ったとする。「上昇志向」をバネに努力する人間は、その目標が小富豪どまりで果たせなかった場合、自分にこう言い聞かせる。

「大富豪にはなれなかったけど、ここまでカネを握ったのだから、ま、いいか」

納得である。

ところが「怨念」をバネにする人間は、そうではない。「大富豪になる」がゴールであって、それを達成できなければ怨念を晴らすことはできない。小富豪では負け犬になってしまう。だから目的を果たすまで努力をしつづける。

「上昇志向よりも、怨念のほうがモチベーションは高くなる」

とはそういう意味であり、森下のこの「怨念」を抜きにして、その後の人生もアイチも語れまい。「マムシの森下」という異名は、債権者集会で見せるしつこさであったり、回収の冷酷さに由来するとされるが、その根底に横たわっているのは怨念ということになるだろう。

## 上昇のきっかけとなった〝差額ビジネス〟

「カネを貸す側」になると誓った森下は毎日、朝から神田をまわった。そのころ神田は商業手形割引のメッカで、駅前の雑居ビルはたいてい街金が入って商売していた。森下は街金の一軒一軒を見て歩いた。店は開けてはいるが、将棋を指したり、珈琲を飲みながら女や競馬の話などをして、仕事をしている者はほとんどいない。当時、街金の金利は日歩三十銭――年利で三六〇パーセントの高利となれば、客が飛び込んでくるのを待っているだけでじゅうぶんに儲かったのである。

（なんともったいないことか。この業界ならオレは日本一になれる）

これが連日、街金を見て歩いた森下の確信だった。

だが、倒産した身では運転資金がない。お得意先から借りる方法も考えないではなかったが、それは結局、借金である。借金して始めたのではマイナスからのスタートになってしまう。

考えた末、森下は「差額ビジネス」を思いつく。バレーボールのアタック法の一つに時間差攻撃というのがあるが、あの手法である。

森下はなけなしのカネをはたいて、神田駅前の雑居ビル一階に二間続きの貸事務所を借りた。机一つに椅子二つ。電話もない。看板は手書きですませた。

手形をかかえて街金に飛び込んで来る中小企業経営者は、会社が生きるか死ぬかの瀬戸際にある。店の見てくれなど、二の次三の次なのだ。

神田駅前は蜜を求めて蜂や蝶が集まってくるお花畑のようなもので、顔を青くした中小企業の経営者たちが街金を走りまわっていた。

「これ、いくらで割ってくれる？」

開店初日の朝のこと。油で汚れた作業服を着た中年男が手形を持って飛び込んで来た。町工場の経営者なのだろう。額面百万円の九十日手形だった。

「そうだねぇ。利息二十万。八十万円で買いましょう」

「えっ？　八十」

「嫌なら他を当たってよ」

　森下が突っぱねる。

　この呼吸が勝負だ。

（この客は他店へ流れない）

　と思えば強気で出るし、

（本当に他の店へ行くかもしれない）

　と思ったら、

「そうね、お宅、いい人みいだから、じゃ、人助けと思って八十五万」

　と譲歩したり、客との心理戦となる。同じ街金でも、サラ金は「貸す」と「借りる」だが、手形割引は「買う」と「売る」なので、「いくらで買うか」「いくらで売るか」の駆け引きになるわけだ。

森下が八十万円を提示し、読み筋どおり、

「じゃ、それで」

と客が納得したところで、

「一応、信用調査かけるので、悪いけど名刺を頂戴できますか」

と要求し、名刺を受け取ってから、

「少々お待ちください」

隣室に入ると、手形と名刺を持って裏口から抜け出し、近所の街金に飛び込んで、

「この手形、いくらで割ってくれる？」

客のふりして割引を依頼するのだ。

「九十万だね」

となれば、自分の客には八十万円を提示してあるから十万円の儲け。八十五万円なら五万円の儲けとなる。神田駅前に街金が密集しているから、買値が低ければ片っ端から飛び込んでいけばいい。

ポイントは客から名刺をもらったこと。本来なら、手形を持ち込む森下が裏書きをしなくてはならない。

手形に対して責任を持つわけで、もし不渡りになれば取り立てに来られる。

だから森下は客からもらった名刺を差し出し、客になりすます。手形は〝名刺の客〟が裏書きしてハンコをついているから、街金も別人とは思わない。不渡りになって追い込まれるのはこの客であって、森下は何の関わりもないことになる。

こうやって回転資金を貯めていき、一九六八年に創業した愛知産業は翌年「アイチ」と称号を替える。当時はまだ、金融機関は商業手形割引と不動産担保融資に慎重で、積極的に行っていなかったため、ビジネスとしてのノウハウを持っていなかった。アイチはこれに目を付け即断即決によって多くの顧客を摑み、飛躍的に伸びていくのだった。

「いま振り返れば、倒産の怨念が私を奮い立たせたということになる。倒産がなければ怨念もなく、したがって今日のアイチもない」

後年、森下にそう言われた金融機関トップが、

「何が幸いするかわからないものですな」

と言ってうなずくと、

「幸いしたんじゃない。大凶を自分の力で大吉に転じたんですよ」

ニコリともしないで切り返したという。

## 武井の資金調達術

アイチは企業を相手とする手形割引なので、一件につき何十万、何百万円という利益をあげる。これに対してサラ金の武富士は、個人相手の小口金融で千円単位の利息をコツコツと稼ぐ。アイチを「マグロの一本釣り」とすれば、武富士は網で大量に捕獲する「サンマ漁」といったところだろう。

ともに高利であることから、両社は同じように見られるが、ビジネスモデルはまるっきり異なる。共通するのは、両社とも強烈な個性を持ったカリスマが裸一貫から一代で築きあげたことだ。その原動力を半生にたどれば、森下安道の「怨念」に対して、武井保夫は「執念」ということになる。

武富士がまだ規模が小さく、支店はわずかに東京都、千葉県、神奈川県内に十店しかなかった時代、武井は社員たちを前にして、

「武富士を日本一の金融会社にしてみたい」

と熱い思いを語っている。

あるいは無頼の日々にあった若いころ、武井は左の二の腕に〝鯉の滝登り〟の刺青を彫る。「鯉の滝登り」とは目覚ましく立身出世することの意で、

「黄河上流にある〝竜門の滝〟と呼ばれる急流を登りきれた鯉は、化して竜になる」

という中国の伝説にもとづく。

武井がこの図柄を選んだ理由は不明だが、すでにその当時から、

「いまは急流に翻弄される身であろうとも、いずれ〝龍門の滝〟を登り、龍になってみせる」

という強烈な志があったことがうかがえる。

武井は一九三〇年、埼玉県深谷市で四人姉弟の長男として生まれた。実家は雑貨商を営んでいた。敗戦の前年、国民学校高等科を卒業した武井は熊谷の陸軍に整備員として勤務し、敗戦後は国鉄大宮駅に勤めた。長男であることから親は雑貨商を継がそうとしたとも言われるが、十八歳のとき、

「自分は日本一になる」

と言って生家を飛び出したとされる。

何をもって「日本一」なのかは判然としないが、この言葉に〝鯉の滝登り〟の刺青を

重ねてみると、人生に対する強烈な執念を感じる。だが、特別な技能や能力があるわけではない。一介の青年が「日本一になる」と言って誰が耳を貸すだろう。家族を含め、誰一人として信じてはくれなかったと、後年、武井は近親者に述懐したという。

家を飛び出してからの足跡は不明だ。無頼の世界に身を投じ、ヤクザとトラブルになってピストルで腹を打たれたとも言われる。花札や競輪に狂い、暴力事件を起こして逮捕されたなど諸説が語られることからも、波乱の時代であったことがうかがえる。

人生の転機はヤミ米の販売だった。中古の軽トラックを購入し、新潟の農家から米を仕入れて東京で売った。当時、米は食糧管理法によって国の管理下にあり、違法売買によって儲けたのである。

そして一九六五年、このカネを元手に武富士の前身である富士商事を設立し、板橋で団地金融を始める。当時、平均余命が六十八歳。三十六歳という年齢は、人生の転機としては遅いほうだったろう。のち強引な取り立てが社会問題になっていくが、銀行が個人になど目もくれなかった時代にあって、小口の生活資金を貸し付けるというビジネスは庶民の資金ニーズを確実に捉えていた。

団地金融と言ってもピンとこないだろうが、当時、公団住宅はいまでいえば垢抜けたマンションのようなもので人気があり、入居は抽選だった。しかも所得の審査があった。言い換えれば、公団に住んでいる人は安定した収入があるということになる。担保を不要とするサラ金にしてみれば、公団居住者はコゲつきのリスクが低く、上客ということになるというわけだ。

だが、手形や土地を担保に取るアイチの社員にしてみれば、「担保不要」という貸し付けは、命綱をつけないで空中ブランコをするようなものだ。小口金融とはいえ、貸出総額は莫大なものになる。リスキーで、理解しにくいビジネス手法である。しかも企業相手の担保金融は資産に計上されるため、おカネの使途——たとえば従業員の給料に充《あ》てたとか、商品の仕入れに使ったなど、借入金の流れがわかる。ところが武富士のようなサラ金が貸すカネは資産でなく、個人が消費するものだ。洋服を買ったり、食事をしたり、あるいは馬券を買うなどして消費していくため、

「何に使ったんだろう」

と、本人すらわからないこともある。カネの流れが見えない。ここがアイチと武富士とのビジネスモデルの違いで、アイチの社員は武富士がどうリスクヘッジしているのか理解できないというわけである。

森下と武井は交流があることから、アイチの幹部社員が、

「貸したカネが返ってこなかったらどうするんですか」

と、武井に問うたことがある。

武井は、こう答えた。

「カネを貸す相手は主婦やサラリーマンだし、賃貸住宅に住んでいるとなれば担保なんかつけようがない。連体保証人を要求したら借りる人なんかいない。手軽に借りれるから、このビジネスは成り立つ」

としたうえで、

「トイチ（十日で一割の利息）で貸し、十日ごとに利息を払ってくるから一ヶ月で元金の三割、三ヶ月でほぼ全額が回収でき、あとは儲けになる。十日ごとの返済金は利息分だから、客もたいして負担にならない。したがって元金を返さないでいてくれると、雪ダルマ式にどんどん儲かるということになる。逆に、借りてすぐ返済する客はうまみがない」

たとえコゲついたとしても、とっくに元金を回収し、十二分に儲かっているというわけである。

やがて富士商事は武富士に社名変更し、創業から十五年後、貸付残高で業界トップに立つ。一九九八年に東京証券取引所一部に上場、さらにその二年後、ロンドン市場にも上場を果たす。ピーク時で、一兆七千億円の融資残高を誇るのは、すでに紹介したとおりである。

のち、アイチも武富士も、回収をめぐる強引な経営手法が社会から糾弾されことになる。企業の社会的責任と寄与が問われる時代にあって、

「借したカネを取り返してどこが悪い」

という論理は通用しない。

だが、森下と武井という「二人の怪物」は、己の価値観と人生観にしたがって突っ走っていく。

# 第二章

# 交渉術

## 社会にとって不可欠である〝街金〟の存在

銀行というビジネスは、預金という形で客から集めたおカネを企業などに貸し付け、利息の一部を客に還元して残りが利益となる。要するに〝他人のフンドシ〟で相撲を取るというわけで、メーカーとはここが根本的に異なる。

街金も〝他人のフンドシ〟ということでは同じだが、銀行と違って、貸し出す資金を外部から調達するということにおいて決定的に異なる。つまり、金利を支払っておカネを借り、さらに自社の利益となる金利を上乗せして客に貸し出す。暴利であるかどうかの論議とは別に、街金の金利が高いのはそういう理由による。

したがって街金にとって最大のリスクは〝コゲ付き〟である。外部から資金を調達しているため、貸したカネを失うだけでなく、元金と金利の返済がのしかかってくる。のち、街金の苛烈な取り立てが社会問題になっていく根底には、〝他人のフンドシ〟で相撲を取るという街金のビジネスモデルにも原因があるのだ。

アイチの新入社員たちは、やがて実体験として、森下会長が研修会で訓示した「街金＝プロレス」という譬《たとえ》が理解できるようになる。客は返済を約束して借りる。金利も納得している。となれば、いかなる理由があろうとも約束は約束で、返済しない相手が悪く、自衛のために取り立てる自分たちは決して悪くない——これがアイチ社員たちの論理であった。

そして、入社して三ヶ月がたつころには、街金の存在が社会にとって不可欠であるという確信を持つ。銀行の融資が人体を流れる血液であるなら、街金の融資は瀕死の企業にとってカンフル剤であり、命脈を保つための最後の手段ということになる。

だが、救急処置を施しても蘇生する企業はわずかで、森下が研修会で訓示したように、プロレスを戦う街金は、自身が生き残るためには倒産企業にも食らいつかなければならない。社会にとって必要とされながらも、「ハイエナ」と呼ばれれば返す言葉に詰まる。有名大学出身の新人社員の多くが、勤め先としてアイチを名乗ることに躊躇する一方、一代で田園調布に〝ベルサイユ宮殿〟を建てた森下会長は、間違いなく立志伝の人物だという思いもあった。職業に貴賎はないというのは建前としても、心中は複雑だった。

## ヨーイドンの〝同居占有〟

森下は、新人たち全員に〝プロレス〟を戦わせた。占有である。「債権保全」という名目で、倒産企業の社屋や経営者宅に乗り込んで居座ってしまうのだ。アイチは所属部署にかかわらず、全員が占有要員だった。それだけ占有物件が多いということでもあるが、森下は若手に現場を体験させることで、一本筋の通った人間に育てるという狙いもあった。

占有は、馴れるまで先輩に同行する。

「研修だ。ついて来い」

そろそろ自分の番だと覚悟はしていても、いざ声がかかると新人は緊張に生唾を飲んだ。占有は早い者勝ちなので、同業者やヤクザとヨーイドンとなる。

「着替えはあとで用意する。急げ、行くぞ！」

噛みつくように言われ、新人は先輩のあとを飛び出して行くことになる。

新人のY君が初めて占有に駆り出された先は、小岩の外れ、江戸川堤のそばにある町工場だった。四期先輩はバンカラで知られる大学の出身者。空手部主将を務めた猛者で、パンチパーマをかけている。

「アイチに入らなければヤクザになっていた」

と、うそぶくような男だけあって、たぶん回収の腕を期待されて採用になったのだろうと社内では言われていた。

「タクシーを町工場に乗りつけると、工場の前に旧型の黒いベンツが停まっていましてね」

と、Y君が占有の初体験を語る。

「チッ、先に来てやがる」

先輩が舌打ちをすると、足早に工場の脇の二階建てになった母屋に向かい、玄関のインターフォンを押した。

「誰でぇ」

巻き舌の声が帰ってくる。

経営者一家は親戚宅に身を寄せていると聞いている。しゃべり方から、まともな人種でないことはY君にもわかる。

「アイチだ」

先輩が噛みつくように名乗ると、鍵を開ける音につづいて引き戸が少しだけ開いて、

「ここは××一家が押さえているんだ。帰ってくれ」

ヤクザ組織の名前を持ちだしたが、

「そうはいかない」

先輩が引き戸の隙間に足を差し込み、強引に押し開けて中に入った。

「何しゃがる！」

中年ヤクザが目を剥き、奥から若い衆二人が飛び出してきたが、先輩はかまわず、

「ウチも債権があるんだ」

一歩も退かなかったが、

「ここはもうウチが押さえてるんだ。あきらめな」

中年ヤクザが鼻で笑った。

前述のように、占有は早い者勝ちだ。手形が不渡りになるや、融資額に関係なく債権を盾に自宅や会社に乗り込む。絵画や骨董品、クルマなど値打ちのある物があれば処分

し、あとは居座る。銀行など土地家屋の抵当権者にしてみれば、ややこしい連中が居座っていたのでは物件に買い手がつかず、処分できない。そこで金銭解決に持ち込む。あるいは債務者の家族と〝同居占有〟し、家族が債権者から立ち退き料を受け取ると、借金の一部として巻き上げたりする。占有は当時も違法であったが、いまほど当局はうるさくなく、倒産にはつきものだった。

先輩はかまわず居間に入って行って素早く見まわす。ボストンバッグが部屋の隅に無造作に置かれているのを見て、××一家の連中はいま乗り込んで来たばかりなのだと見当をつけたのだろう。

「二階に居座れ」

Y君の耳元でささやき、Y君は緊張で震えながらも素知らぬ顔で部屋を出ると、階段を駆け上がった。

「あっ！」

叫んで後を追うとするヤクザたちの前に先輩が立ちふさがり、

「お宅は一階、ウチは二階。モメると、お互い、高くつきますよ」

穏やかだが迫力のある声で言ったのだった。

アイチはうるさい——これは業界周知のことで、相手がヤクザ組織でも絶対に引かない。下手にモメて、この一帯を縄張りにする他組織に首を突っ込まれると、双方のメンツが絡んで面倒なことになる。それにヤクザが依頼を受けて占有に乗り出す場合、経費と謝礼は依頼者から出る。この程度の物件でモメさせるのは得策でないと中年ヤクザも素早く頭を働かせたのだろう。

「わかった」

と返事をしたのだった。

二階にいるY君は、階下でのこのやりとりを知らない。

「ヤクザとぶつかるなんて、人生で初めての経験ですからね」

と、このときのことをY君は振り返って、

「もうノドはカラカラ。何でオレはアイチに入社したんだろうって、そんなことを思ったものです。階段を上ってくる足音がしたときは心臓がバクバク。先輩の顔を見て膝から力が抜けそうになったものです」

先輩は何事もなかったように事務的な口調で告げた。

「あとで貸し布団が届く。オレはちょっと出かけてくるから、おまえはここにいろ」

言い置いて、そそくさと出て行ったのだという。

## 「研修」という名の居座り

梅雨明けの午後の日差しが、西側の窓ガラスを通してまともに入り込んでくる。Y君はクーラーのスイッチを入れてみたが、故障しているのか、まったく反応がなかったという。テレビは階下の居間にしかない。携帯電話のない時代である。外部と連絡を取ることもできない。当初こそ緊張していたが、午後になると気持ちも緩んできて時間をもてあます。

汗が額から滴《したた》る。窓を開けると、江戸川堤の立ち木で蝉がうるさく鳴いていた。ネクタイを外し、壁にもたれて座る。占有は文字どおり、そこに居座るのが仕事。金融業の担い手としての自負は、緊張と退屈との狭間で揺れ動き、

（オレ、なにやってるんだろう）

という懐疑がもたげてくるのは、新人が一度は罹《かか》るハシカのようなものだと当時を振り返る。

夕刻になって、先輩が手にスーパーのレジ袋を二つ持ってもどってきた。

「必要なものを買ってきたぞ」

と言って手慣れた様子で畳の上に取り出していく。

「弁当、缶ビール、日本酒のワンカップ、つまみ、マンガ本にタオルに洗面用具、それに夏物のスエット上下と、下着がとりあえず一週間分だ」

「一週間？」

「ヘタすりゃ三月《みつき》、半年の長丁場になることもある。そのときは交代でやるから心配するな。あと三カ所ほど占有かけてるんで、オレはこれからそっちにまわる。夜、一度、見に帰ってくる」

早口で言って、新人のY君ひとりを残し、あわただしく出て行くのだった。

「スキルは現場で磨かれる」

というのが仕事術の王道で、金融論や経済論といった机上の学問は現場では何の役にも立たない。焼け火箸の熱さや氷の冷たさは、いくら温度を聞いても実際に手を当てなければ実感としてはわからないのと同じで、占有の修羅場は体験を通してしか理解でき

ない。そして、この現場体験によって、

「カネを貸すとはどういうことなのか」

「倒産すれば借り手はどういうことになるのか」

「貸しガネの回収はどうやるのか」

という実務の基本がわかってくる。

まさに「研修」であり、所属部署にかかわらず、新人たちを占有の現場に放り込むのは、そういう狙いもあった。

ひとり残されたY君は、弁当を食べながら缶ビールを二本ほど飲むと、気持ちに余裕が生まれてきたと振り返る。ヤクザたちと呉越同舟だが、先輩の堂々とした態度に意を強くもした。この業界で「アイチ」というブランドはヤクザも一目置くと聞かされてはいたが、なるほどそのとおりだと得心もしたのである。

夕方になって、

「よう、ニイちゃん！」

階段の下から声をかけられた。

「なんでしょう？」

顔をのぞかせると、

「こっち来て一杯やらねぇか」

と言った。

ちょっと迷ったが、気持ちに余裕も生まれていたので、

「わかりました」

マンガ本を放り出すと、先輩が買ってきたツマミと、ワンカップになった日本酒の六本セットを持って降りて行った。

座卓を囲んで四人が飲み始めた。アイチの新人ということで、ヤクザが占有の体験談を得意になって語る。占有そのものは退屈な仕事だが、ヤクザ同士がぶつかるようなケースになるとヤバイのだという。

「代紋違い（組織が違う）の場合は、ツノをつき合わせても話はつく。メンツが絡むので、モメるとお互い引っ込みがつかなくなって、ヘタすりゃ、上（上部団体）まで巻き込むことになるからだ。問題は同じ代紋のときで、イケイケで力のある組から〝どいてろ〟と言われたら突っぱねるわけにはいかねぇ。ここいらが難しいところだな」

無理が通れば道理が引っ込むのは、任侠道を標榜するヤクザ社会も同じで、所詮、こ

の世は弱肉強食であることを、Y君はリアルに理解する。ヤクザは怖いものとこれまで思い込んでいたが、酔って口をついて出るのは、組織の愚痴や幹部の身勝手さに対する非難と愚痴、そして将来の不安で、サラリーマンと何ら変わらないことを知る。必要以上に恐れることはない。「現場から学ぶ」とはこういうことを言う。

ちなみに、この町工場のメインバンクである信用金庫は、わずか三日で立ち退き料を払ってきた。ヤクザとアイチが〝呉越同舟〟で占有しているとなれば、解決は早いほうがいい。長引けばそれだけ値段が吊り上がるという判断だったのだろう。

## 「俺たちのどこが悪い」

占有は、債権を盾にして社屋や経営者宅に居座り、物件の処分をさせないようにすることだが、社屋はともかく、問題は経営者宅だ。夜逃げでもしてくれていれば事は簡単だが、住みつづけている場合がある。そこへ押しかけ、強引に家にあがりこめば一一〇番されて一発アウト。債権の回収どころではなくなる。

だが、繰り返すように、占有はヨーイドンの〝早い者勝ち〟だ。夜逃げするのを待っていたのでは遅れを取るし、追い出すために脅したのでは犯罪になってしまう。

そこでどうするか。

アイチのベテラン社員は、たとえばこんな方法を用いる。

都内の中堅建設会社が不渡りを出したときのことだ。若手たちを建設会社に走らせ、ユンボなど建設機械を差し押さえる一方、このベテラン社員はタクシーを飛ばして社長宅に駆けつける。社長宅は世田谷区の一軒家で、書類によれば敷地六十坪に二階屋が建ち、築十年となれば億単位の値がつく。街金、ヤクザ、占有を商売にする占有屋まで、まさにヨーイドンである。

ベテラン社員がインターフォンを押す。出るのは同業者か、ヤクザか、占有屋か、それとも家の人間か。

緊張の一瞬である。

「は、はい」

怯えた声は社長に間違いないと察するや、

「アイチでございます。お宅様をお守りするよう会社から派遣されて参りました」

丁重な言葉で告げるのだ。

横柄な口調はもちろん、間違っても取り立てに来たと思わせてはならない。「私はあなたの味方です」――このことをいかに債務者に伝えるかが勝負となる。ベテランはこのあたりの機微を心得ている。

たいてい躊躇の沈黙があって、「いま開けます」ということになれば、ベテラン社員は持参した粘着テープをポケットから取り出すと、大急ぎで自分の名刺を表札の上から貼りつけるのだ。

「この家はアイチが管理している」

という〝同業者〟に対する告知であり宣言なのである。意図したものかどうかはわからないが、アイチの名刺が金ピカであるのは一目でそうとわかる効果があり、無用の押し問答を避けることができた。

そして家にあがると、憔悴し、顔をこわばらせる社長夫妻を前にして、ベテラン社員はこう言うのだ。

「債権者たちが押しかけてきます。ヤクザもいるでしょう。でも、ご安心ください。私が対応します。ただ一日二十四時間、彼らはいつやって来るかわかりません。したがいまして、私もここに泊まり込みますのでご安心ください」

不安でおののく夫婦に「ご安心」という言葉を繰り返し、

「よろしくお願いします」

という言葉を口にさせれば不法侵入ではなく、同意を得ての〝同居〟ということになるのだ。

三十分とたたないうちに債権者たちが入れ替わり立ち替わりやってくるが、多くは表札に貼られたアイチの名刺を見て帰って行く。ヤクザのなかにはインターフォンを押す者もいたが、

「ここはアイチが管理しています。異議があれば法的手続きを踏んでください」

丁重に、しかし毅然と対応する。追い返すためだけでなく、「これ、このとおり、私が守っていますよ」ということを夫婦に見せつける狙いもあった。

食事も一緒にする。

「奥さん、私がこの家に張りついてなければ、いつ誰が乗り込んでくるかもしれません。食事をしに外に出るわけにはいかないので、ご一緒させていただいてかまいませんか」

こう言って拒否されることはない。

家族の信頼が何より大事なので、子供のいる家庭であれば、笑顔で頭の一つも撫でて

やるし、

「坊や、宿題があるなら先にやっちゃいな」

と、やさしいおじさんにもなるのだ。

崖っぷちに立つ債務者はこうして信頼と親近感をいだき、藁をもすがる思いで頼りにする。こうした手法を非難されると、ベテランはこう反論する。

「オレたちのどこが悪い？　カネを貸してくれと懇願され、金利はいくらいくらですがそれでもいいですかと念を押し、書類を何枚も作成して本人にハンコをついてもらい、その上で融資する。そこいらに落ちているカネを貸すんじゃない。会社にとっては血の出るようなカネなんだ」

だから回収するために智恵を絞る。運送会社が不渡りを出したとき、同社所有の土地に急ごしらえで小さなバラック小屋を自分で建て、

「オレはここに住んでいる」

と居座った若手社員もいる。

豊臣秀吉が小田原城攻略に際して一夜で築いたのが箱根・石垣山の城で、のち「秀吉の一夜城」と称されるが、このバラック小屋は「アイチの一夜城」と呼ばれた。

こうした武勇伝はいくらでもある。倒産して返済不能になった人間から、債権をいかに回収するか、乾いた雑巾を絞って水を滴《したた》らせるには、ノウハウだけでなく、世間の冷ややかな目に耐える精神力が求められるのだ。

## 武富士、アイチの企業風土

アイチと武富士はビジネスモデルが違い、武富士は担保なしでおカネを貸す。つまり、借り手の「信用度」がビジネスの基本となる。コゲつきのリスクは信用度に比例するため、どうやって借り手の「人間性＝信用度」を見抜くのか。武井会長が団地金融で成功し、飛躍の礎を築くことができたのは、客の信用度を見抜く独自のノウハウを確立したことだ。

たとえば商売を始めた当初、毎朝十時になると、武井は一軒一軒ベランダを見上げながらマンモス団地内をぐるりと歩く。何を見ているかというと洗濯物の有無だ。

武井は言う。

「いまと違って、当時はほとんどが専業主婦だ。十時になって洗濯物が干していないような家は、まずだらしがないと思って間違いない」

　さらに、自宅の郵便受けとトイレも見る。

「郵便受けに郵便物が溜まっている家もダメだ。トイレを借りて、きちんと掃除されているか調べたこともあった。そうやって、この家なら大丈夫と思った家にチラシを入れたり、直接出向いて営業する。〝今日はこの団地〟と決めたら、朝の洗濯物チェックから始めて腰弁当で一日中まわるんだ」

　さらに、

「亭主の給料日が二十五日なのに、返済日は毎月十日にして欲しいという人間は要注意だ。入金日と返済日をずらすのはカネに忙しい証拠だ」

　こうした自分流の与信調査に基づいて貸し出すことで、武井はサラ金としての地歩を築いていく。

　金利に制限がなく年利一〇〇パーセントが当たり前だった時代、百万円の元本は四年後には十六倍の千六百万円になる。一千万円の元本を転がせば一億六千万円にもなる。数は力だ。コゲつきのリスクをなくすには小口金融にして返済しやすくすること。これで武富士は大きくなった。

武富士が急伸する背景には、消費の拡大があった。元武富士の社員はこんな言い方をする。

「給料日前、金欠になって知人から一万円を十日の期限で借りることを考えてください。まず、頭を下げなければならない。〝給料日前で〟とか〝急な支払いがあって〟とか、赤の他人に内情を話さなければならない。しかも返すときはお礼を言って、お茶の一杯、昼メシの一食もご馳走する。これだけで千円、二千円はかかる。つまり一万円を借りるのに頭を下げ、恥ずかしい内情を話し、しかも〝利息〟に相当するお礼をする。ところが、武富士で借りたらどうですか?」

頭を下げるのは武富士で、借りるほうは客である。何に使うか言う必要もなければ、向こうは訊きもしない。日歩三十銭の高利であっても、一万円を十日借りて利息は三百円となれば、知人に頭を下げるよりサラ金に行くだろう。サラ金が身近な存在になるにつれて、武井の独自の〝与信ノウハウ〟と努力で武富士は急成長していく。

ともにノンバンクの両雄でありながら、武富士とアイチとでは社内の雰囲気がまったく異なる。

武富士の社員は全員が紺かグレーのスーツに白いワイシャツを着て、本社の雰囲気は都市銀行と変わらない。一方、アイチの社員は派手だった。アイチが急伸していた一九七〇年代、当時、ファッショナブルとされたパンタロンにハイヒールブーツ、頭はパンチパーマで、クロコダイルのセカンドバックを持っていた。占有先でヤクザとぶつかっても、どっちがヤクザかわからないと揶揄された。環境とは怖いもので、就職難の時代に大量に採用された国立大や有名私大のエリートたちが、いつのまにかそんな服装をしていた。

武富士は、サラリーマンや主婦、学生など一般市民を相手にするので、「紳士的」という企業イメージは「信用」につながるということもあるだろうが、派手であることは信用を失うという武井の哲学にもとづく。

すでに触れたように、武富士のビジネスモデルは、おカネを調達し、それに金利を乗せして一般に貸し出す。いかに調達するかが生命戦で、金主のところに融資を頼みに行ったときに、派手なスーツに金ムクのロレックスを手首に嵌め、ダイヤのカフスをしていたら相手はどんな人物評価をするだろうか。

「こんな贅沢をするヤツなのか」

と思われたら、その時点で信用をなくすと武井は考える。逆も同様で、武井の目から見て派手な服装《なり》をした客の与信度は、大幅に下がるのだ。

だから武井は高価なものは身につけない。腕時計だって国産品だった。靴も、高価で磨き込んだピカピカのものは履かなかったという。こうした武井が率いる武富士の社員がダークスーツを着るのは当然だったろう。

アイチの森下会長は、すでに紹介したように派手な三つ揃いのスーツに、ダイヤを散りばめた数千万円の高級腕時計、そしてパンチパーマ。これは一流好みという森下の性格もあるが、アイチは武富士と違って融資する相手が企業である。相手にとって最大にして唯一の関心事は、カネを貸してくれるかどうかであって、外見など派手でも地味でもいいのだ。むしろ森下が何千万円もする腕時計をしたり、自家用ヘリコプターで客と一緒にゴルフ場に出かけるという派手なパフォーマンスは、財力の証としてプラスに作用するだろう。

別荘用に、パリの城《シャトー》を購入。目に入れても痛くない三人の娘たちのためにニューヨーク・トランプタワーのスイートルームも購入する。娘たちを社交界にデビューさせ、マスコミにも取り上げられたが、記念写真を撮るとき、

「そこいらの写真館じゃダメだ、篠山紀信を連れて来い」

と命じたという逸話があり、こうした派手な逸話は森下とアイチにとってプラスになったはずだ。

武富士が武井カラーに染まるように、アイチも森下カラーに染まっていくのはごく自然のことで、これが社風になっていくが、カリスマの森下はいいとしても、第一線で資金調達の営業に出向く社員は、派手な服装が銀行などでひんしゅくを買った。

「アイチの○○です」

業績が急伸していた時代、アイチの営業マンが胸を張って名刺を切ると、

「お宅の名刺、みっともないねぇ」

露骨に顔をしかめられた。

エリート意識の銀行マンにしてみれば、街金など金融ビジネスとは思っていないにもかかわらず、金ピカの名刺を臆面もなく出す神経に反感を覚えるのだろう。パンチパーマに派手なスーツやジャケットを着込み、銀行の融資担当者の前で足を組み、洋モクにカルチェのライターで火をつける。アイチの営業マンはそれがカッコいいと思っていたのは、ひとえに企業風土による。

## 「寝ずに働け。仕事は人生を楽しむためにするんだ」

アメとムチは人を使うときの両輪である。アメに偏《かたよ》ればそれが当たり前になって、より多くのアメを与えなければ人は動かなくなる。反対にムチが過ぎれば逃げ出していく。森下会長の経営手法を見ると、「ムチをビシビシ入れ、それに見合うアメを与えれば組織は発展する」ということになるだろう。

森下が社員たちに語った言葉で言えば、

「寝ずに働け。仕事は人生を楽しむためにするんだ」

という檄《げき》になる。

これまで紹介してきたように、部署に関係なく占有に駆り出されるなどアイチは厳しい労働環境にあるが、その一方で、休暇はたっぷりと与えられた。入社翌年から夏休暇は一ヶ月もある。森下自身、夏は四十日間を休んで、パリに所有する城《シャトー》を起点にヨーロッパ各地を気ままにドライブした。

しかも、いまから四十年前、他企業に先駆け週休二日制を導入しているし、アイチが各地に所有するゴルフ場では社員は無料でプレイできることはすでに触れたとおりだが、この厚遇に加えて社員旅行はハワイ。ボーナスも高水準の額が支給された。仕事は厳しく、森下のワンマン会社だったが、それに見合うアメ——すなわち労働条件は日本でもトップクラスと言ってよい。

アメの最たるものは、恒例となった盆暮れの「会長表彰」である。本社勤務の社員たちが大会議室に集められ、顕著な功績のあった社員五、六人が森下会長から特別賞与が手渡されるのだ。

人事部長が名前を読み上げ、

「はい！」

勢いよく返事して前に進み出ると、

「よく頑張ったな」

森下が笑顔を見せて分厚い祝儀袋を手渡し、それを両手で押しいただいてから退き下がるのだが、新人社員たちが唖然としたのは、表彰された社員が祝儀袋をテーブルの上に横にしていゝゝゝて立てたことだった。厚みがあるからこそできることだが、「祝儀袋が横に立つのを初めて見た」と新人たちは同期と居酒屋で飲みながら感嘆し、

「オレだってそのうちもらってやる」

と発奮した。

入社直後の四月初旬、山形・蔵王の別荘で二泊三日の新入社員研修が行われたとき、挨拶に立った森下が檄を飛ばしたあと、

「わが社は徹底して実力主義を貫くことにおいて平等である」

と締めくくり、会場は拍手に包まれたが、森下はその言葉どおり信賞必罰を貫く。年功序列を人事の基本とする昭和の時代、森下は客観評価をもとに徹底して抜擢人事を行った。超ワンマンで、占有など仕事はきつく、世間から色眼鏡で見られる街金でありながらアイチが社内的に空中分解を起こさなかったのは、それに見合うアメと同時に実力主義があったことは、組織を語る上で見逃してはなるまい。

これはあとで語る武富士の武井会長と対照的なのだが、二人とも超ワンマンでありながら、森下は社員の意見に耳を傾け、納得すればそれを採用する。ただし納得させるのは簡単ではない。書面で、あるいは口頭で提案をしても、最初は聞く耳を持たないが、それでも二度、三度としつこく提案しつづければ、そのうち内線が掛かってきて、

「例の件だが、オレにもわかるようにもう少しくわしく説明しろ」

ということになる。

森下は、提案や意見具申の中身を吟味する前に、それを申し出た社員の「本気度」を試しているのだ。

（こいつは本気だ）

となって初めて、それを採用するかどうかは別として、耳を傾けるだけの価値があると判断する。

経営手法の一つとして、

「意見があれば、遠慮なくどんどん言ってくれ」

と胸襟を開いて見せたり、

「社長室のドアはいつでも開いている」

と、ものわかりのよさをアピールする経営トップもいるが、「社員のその意見の本気度」という視点を持つ人間は少ない。

武富士は業界に先駆けてコンピュータシステムを導入しているが、アイチもこれを見習うべきだと、若手が何度も何度もしつこく提案し、本気度を評価した森下は電算室の整備のため三十億円の予算をその場で即決し、ヒラのこの一社員にすべてをまかせたこともある。

超ワンマンとカリスマは似て非なるもので、カリスマは外部の評価はどうあれ、内部の人間の崇拝があって初めてそう呼ばれる。超ワンマンがカリスマに昇華するには、「下の人間にまかせ切る」という度胸がいる。だが、視点を変えれば、「まかせ切る」とは、自分の眼力と判断力に絶対の自信を持っているということでもある。

## 「二人の怪物」は信念においてブレがない

アイチの森下は、粘って粘って進言しつづければ耳を貸した。

「それには反対です」

クビを覚悟で異を唱えれば、

(こいつは、このオレに逆らうのか)

と本気度を評価し、「くわしく話してみろ」ということもある。

だが武富士の武井会長は、絶対にそういうことはない。反対意見は論外として、提言もまた現状に対する批判であり、その本質は武井に対する采配批判でもある。

武井はそれを許さない。

「オレに反対するということは、オレより優れているということになる。ならばオレをやめさせるか、そいつがやめるかのどちらかしかない」

論理は実に明快で、武井のやり方に異を唱えた者は、どんな役職にあろうとも即刻、クビが飛んだ。

「そんな会社は発展しない」

という批判は、日の出の勢いで急成長していく武富士を前にしては、何の意味も持たないだろう。

「武富士の隆盛は、武井の超ワンマン体制がもたらした」

と言われれば、それを認めるしかない。

社員の本気度を試し、提案に納得すればまかせ切る森下と、社員の意見に耳を貸さないどころかクビにしてしまう武井は対照的に見えるが、

「自分流をどこまでも貫く」

という一点において二人は共通する。

すなわち「二人の怪物」の社会的評価はともかく、彼らから学ぶことがあるとすれば、

その一つは、方法論について論じるよりも、信念においてブレがあるかないかを問うことではないだろうか。アメリカのトランプ大統領、ロシアのプーチン大統領、そして中国の習近平国家主席など、国際政治においてすら、方法論は相手国との駆け引きで変わっていくが、「自分の権力維持」という一点において、いささかのブレもない。

そして特筆すべきは、このブレのなさが、たとえばトランプ大統領のように客観評価において非難されようとも、一方において〝岩盤支持層〟を生み出す。これが人間社会であり、組織の実相なのである。

森下も武井も非難の一方で、彼らを擁護する声が元身内において根強くある。人間を語る場合、人間がいかに多面体であり、立場によって評価が変わるものであるかということに、是非を超えて留意すべきだろう。

## 鬼にもなれば仏にもなる

森下を身近で知る人間の多くは、森下を評して「鬼にもなれば仏にもなる」と口をそろえる。

あるアイチOBは、こんな言い方をする。

「おカネを借りておいて逃げようとする人間や、森下会長を騙そうとする人間に対しては容赦しない。息の根を止めにかかる。だけど反対にすべてをさらけ出し、フトコロに飛び込んできた人間に対しては心を開いて優しかった。森下会長はメモ魔で、債務者の話を聞きながらコピー用紙の裏側に鉛筆でメモをびっしりと執り、聞き終わると〝あなたの場合は、ここをこうやって債務整理をしたらどうですか〟と親身になってアドバイスをする。

逃げたら草の根分けても追いかけるし、逃げないで森下会長のところにあやまりに来て、かくかくしかじかで返済できなくなりましたと言って頭を下げ、その人の誠実さが伝われば許しもした。〝マムシの森下〟という異名からは信じられないかもしれないが、そういう人だった」

むろん、アイチは慈善事業をやっているわけではない。

頭を下げて借金を帳消しにしていたのでは事業は成り立たないし、森下がそこまで甘いわけではもちろんない。

債務者に資産があれば取る。

根こそぎ取ることも当然ある。

取れるところからは取るのは金融ビジネスの基本だが、その一方で、森下は債務者の人格や能力を吟味し、アイチに対して何億円ものコゲつきをつくった人間であっても、

「おまえは仕事ができる男なんだから、いい案件があったら持ってこい」

と言って追加資金を出すこともあった。

百戦錬磨の森下だ。

追加資金を出すことがプラスになって返ってくるという打算も計算もあっただろうが、そのことを承知の上で、

「会長は面倒見がよかったし、何より男気に魅力があった」

と語る元社員は少なくない。

人それぞれに言い分もあれば、評価もある。事業に失敗して返済不能になり、本人は逃げたつもりはなくても森下の逆鱗に触れ、追い詰められ、財産を根こそぎ取られて息の根を止められた人間もたくさんいるだろう。彼らからすれば森下はまさに「マムシ」であり「鬼」である。

## アイチは最後の〝駆け込み寺〟である

だが、それが打算であろうとも、そして数はたとえ少ないにしても、森下に助けられ、再起した人間にとって森下は「仏」となる。どちらも森下であり、人によって評価が正反対になるところに人間の本質がある。私たちはすべて、善意と悪意、慈悲と憎悪、哀楽と怒気、高潔と卑劣、自利と利他……といった真逆の価値観を内在し、時に応じてそれぞれが顔を出す。

アイチという街金商法が世間から批判の目で見られるのは、カネに困っているという弱みにつけこんでビジネスにするからだ。

だが、元アイチの社員は逆の視点から、

「アイチは最後の〝駆け込み寺〟である」

と言う。

「きちんとした担保があれば銀行は融資する。これは当たり前のことで、銀行より金利が高い街金に借りる人間はいない。ところが、担保はない、カネもない、しかし起死回生になるようなビジネスのビッグプランを持っているというだけでは、銀行は貸してくれない。建設会社を例にとれば、これからどんどん仕事の発注を受ける目算は立ってはいるが、当面、資材を購入する資金や、下請けに払う着手金などが〝前捌き〟するカネが足りないという場合、銀行はまず、力を貸してはくれない。どこを頼ればいいのか」

だから「アイチは最後の〝駆け込み寺〟である」と元社員が胸を張れば、世間は「そういう商法を〝人の弱みにつけ込む〟と言うんだ」と非難し、融資を受けて返済不能になり、厳しい取り立てにあった経営者は「マムシのアイチ」と唾棄する。そして、すべてが正解なのだ。

森下は債権者集会で経営陣を追求するときは、舌鋒鋭く大声で迫る。ところが来客と話すときは丁重な言葉を使う。そして、来客が帰るときはエレベーターホールまで見送る。「マムシ」という先入観で訪ねた人はイメージがまるっきり違うことに戸惑い、その戸惑いが、

「世間で言われているほど恐い人じゃない」

という評価に転じていく。

このことを森下自身が意識していたかどうかはわからないが、イメージの落差が人を

引きつけるというのは、人心収攬《しゅうらん》術の王道でもあるのだ。

## 「おカネを儲けることは悪いことですか？」

トップの人望は「陰湿さ」の対極にある。どんなにワンマンでも、胸襟を広げて見せる度量があって初めて、部下や社員の信頼を勝ち取る。森下に対して社員は、熱意が届けば耳を貸してくれるという思いがある。

一方、武富士の武井会長は、社員の意見にいっさい耳をさかないどころか、

「オレが辞めるか、お前が辞めるかだ」

と迫り、会社から追放してしまう。

一般論においても、部下や社員にイエス以外の返事をいっさい認めないというやり方は、もっとも嫌われるタイプと言ってよい。

ところが後年、〝サラ金地獄〟がメディアからこぞって批判され、武井は窮地に立たされるのだが、この逆風のなかにあってなお、武井を一人の人間として評価する声がいくつかメディアに掲載されている。

在職当時を振り返って、こんなことを語っている。

「会社は小さく、回収のための仕事はきつかったけど、夢があったよね。赤羽のキャバレーに会長に連れられて行って飲み明かしたり、あけっぴろげで豪快な会長には魅力があった」

「僕らが入社したころは、いわゆる〝サラ金問題〟真っ盛りだった。常軌を逸した取り立てや債務者の自殺が日々伝えられ、武富士に入社すると言うと〝なんで?〟と驚いた顔をされた。でも、いくらマスコミに叩かれても、マスコミが間違っていると信じて頑張った。休みなんて月に一日あるかどうかだったけど、努力している人は認めてもらえたし、給料も良かった。一言で言えば夢があった」

「会長の人心収攬術はすごい。研修中の最中も、決して目立たないけれどコツコツ努力しているような人をよく見ていて、さりげなく名前を呼んで褒《ほ》めてやる。それでみんな、やる気を出すんだ。ワンマンで人使い悪いけど、オーナーならではの魅力と人間くささがある会社ではあった」

「確かにワンマンではあったが、暴君ではなかった」

「出張で海外に行ったときなどは、ワインやネクタイをお土産に買ってきて、社員に配ることもあった。だから当時は会長のことを〝オヤジ〟と慕う社員もいたし、〝オヤジのために頑張ろう〟という活気が社内に満ちていた時代があったことも事実だ」

サラ金という高利の是非とは別次元において、武富士を率いる「武井保雄」という一個人を慕い、評価する声は元社員のなかにある。たとえとして適切であるかどうかはともかくとして、若い衆がヤクザ親分に魅力を感じ、心酔する構図に似ていると言っていいだろう。冷酷に殺人を命じながらも、若い衆の琴線に触れる〝人間的魅力〟を備えている親分はいる。

その武井が晩年、社員たちの求心力を失っていくのは、一節によれば、武富士に入社した次男の武井健晃が成長するに従って世襲を意図し、武井が変わっていったからとも言われるが、真義は定かではない。もし、そうだとすれば、ワンマンは全社員に対して等しく君臨すれば不満は少なく、むしろその権勢に惹かれるが、打算にもとづくワンマンは不平等になり、反感を買うということになるだろう。

森下と武井を見ていると、ワンマンであったり身勝手であること自体がマイナス要因ではなく、平等であるかどうかがキーポイントになっていることがわかる。

森下が、債務者と話しながら、みずから熱心にメモを執っていたというのは意外でもある。カネの貸し借りや債務整理、あるいは再建方法についてアドバイスするのは森下が得意中の得意とするところで、あえてメモを執るまでもないだろう。

それなのに、細かくびっしりとメモを執るのは、なぜなのか。

実は、武井会長もメモ魔なのだ。女婿だった高島望が自著『武富士流「金儲けの極意」』で、こんなことを記している。

《父は、アイディアがふっと浮かぶと、それが夜中だろうが、なんだろうが、私を呼び寄せる。そして、かならずメモを取らせるのであった。

夜中の三時ごろ、ぐっすり眠っていると、突然、

「おい、いまからメモ持って来ないか」

と枕元の内線電話がかかる。

「わかりました」

と飛び起きて、メモ帳をもってダダダッと駆けだし、父の部屋に行く。モタモタしていると、たちまち雷が落下するからだ》

《とにかく父はカンが鋭い。

それは父がひらめきというものを、ことに大事にしていたからだろう。たとえ夜中の三時でも、パッと思い付いたら、ガバッと起きて、その思い付きを確認するのである。明日になってからでいいやと、また眠ってしまうと、目が覚めたときは忘れてしまっている。それではせっかくひらめいたインスピレーションも活かすことができない。そこで、そのための人間メモ帳として、私は修行を積まされたというわけであるが、父のひらめきも、執念のなせるワザであろう。執念がひらめきとなって、解決策を具体的に提示するのである。

《お金を儲ける人というのは、ここが違う。

お金儲けのためには、一年三六五日、一日二四時間、ずっとお金儲けのことばかり考えている。それは執念という以外に言いようがない。このライフスタイルを真似られれば、たとえ凡人でもかなりの線までいくのではなかろうか。》

「¥ｅｎＳｈｏｐ武富士」や「¥ｅｎむすび」という武富士の広告コピーは、武井の自作であるという。《どうやったらお客さまに来てもらえるか、武富士のイメージを高められるかと、必死で考えに考え抜いたあげく、絞り出したコピーなのだ》と高島は自著に記す。

期せずして「二人の怪物」がメモ魔であったことは偶然ではないだろう。メモ魔に共通するのことは三つ。一つは記録として残すことで勘違いを防ぐこと、二つ目は、メモの文字を地図帳のように俯瞰して見ることで、物事の筋道が客観的に見えてくること、そして三つ目はアイデアや発想など閃きは、閃きゆえに一瞬に消え去り、あとで思いだそうとしても無理であること。これらメモの効用については誰しも納得するだろうが、この面倒な行為を「二人の怪物」が厭《いと》わず実行していたということは、高島がいみじくも記すように、仕事に対する執念によるものということになる。

二〇〇六年、「もの言う株主」として脚光を浴びた村上世彰氏は、インサイダー取引で有罪判決を受けるが、記者会見で、

「おカネを儲けることは悪いことですか?」

と、記者たちに問いかけ、世間に訴えかけ、強烈な存在感を示した。

カネ儲けは違法でない限り、決して悪いことではない。ほとんどの人間が、豊かになることを目指して日々を頑張って生きている。だから「おカネを儲けることは悪いことですか?」と正面切って問われると返事に窮する。

あるメディアはこれに対して、

「おカネ儲けは悪いことではない。儲け方が問われるのだ」

と反論した。

言われてみれば「なるほど」と納得する。これを別の言葉で言えば「職業に貴賎はなく、儲け方に貴賤あり」ということになる。貴賤とは「貴いことと、卑しいこと」の意だが、では、儲け方における貴賤とはいったい何を指すのか。

前述のように、街金商法を「おカネに困っている人間に高利で貸す」と見れば「賤」となり、街金が主張するように「最後の駆け込み寺」と見れば「貴」にもなる。金融商法は一筋縄ではいかないところに評価の難しさがある。

# 第三章
# 運の存在を信じる

## 武井は命懸けで儲けさせてくれる

ビジネスは「商品」を売買することだ。魚屋には魚が、八百屋には野菜がなければ商売にならない。情報という目に見えないものであっても、情報という商品がなければビジネスにならない。どんなにニーズがあろうとも、欠品状態になると「売上機会ロス」をこうむるだけでなく、店や企業は信用を失い、顧客を逃すことになる。

意外に見落とされがちだが、融資をビジネスとするノンバンクも同じなのだ。「貸す」にしろ「手形を割り引く」にしろ、カネという商品が〝欠品〟してしまうとビジネスにならない。だから前記で触れたように、商品たるカネをいかに〝仕入れる〟かが企業成長の生命線になる。

武富士の武井会長はヤミ米で稼いだカネを〝タネ銭〟として団地金融を始め、頭角をあらわした。消費経済のブームに乗って、小口融資の借り手はいくらでもいる。したがって、いかに金主を見つけ、カネを引っ張ることができるか。武井の非凡さは、団地金融に見せた自分流の「与信調査」といった努力だけでなく、金主を口説く資金調達に見ることができる。

武井は金主として、医者と中小企業のオーナー経営者に的を絞る。彼らはカネを持っているだけでなく、一存で「貸す」を決められるからだ。これが企業のサラリーマン社長であれば役員会議などにかけなければならず、時間がかかるだけでなく、首尾よくいくかどうかもわからない。医者とオーナー経営者であれば、たった一人を差しで口説けばすむ。

そして、口説きの要諦は、

「この人間なら自分に儲けさせてくれる」

と金主に思わせるかどうか、この一点に尽きるとする。

そのためには「覇気」が大事だとして、来し方を振り返りながら、側近にこんな言い方をしたという。

「貸す側になってみればわかるが、青い顔して、元気がなく、蚊の鳴くような声で〝出資して下さい〟と頭を下げて、誰がカネを出すかね。こいつ、大丈夫か――誰だって不安になる。反対に、気迫にあふれ、エネルギッシュで、殺しても死なないような男だったらどうか。〝こいつなら〟と思うのが人間だ」

だから、どんなに体調が悪いときでも、金主を口説きに行くときは、血色をよく見せるため熱湯で顔を洗って出かけたのである。

イメージは人間の心を動かす。アメリカのトランプ大統領は「青」と「赤」のネクタイを使い分けていることが知られている。冷静な姿勢をアピールするときは青色のネクタイを、そして断固たる態度を見せるときは赤色のネクタイを締め、それが交渉相手だけでなく、メディアの画像を通じて全世界にアピールしてみせるのだ。

ちなみにオバマ前大統領が所属する民主党は「青」がシンボルカラーであるため、オバマも青色のネクタイをよく締めてはいたが、ここ一番の演説では赤色のネクタイを締めていた。武井が顔の血色をテカテカと光るぐらいによくして金主に会ったのは、米国大統領の心理手法と同じなのである。

近年、対人関係術として「ノンバーバルコミュニケーション」(非言語コミュニケーション)」が注目されている。これは「バーバルコミュニケーション」(言語的コミュニケーション)に対する概念で、会話の内容だけでなく、話し方や表情、ジェスチャーといった「非言語」が重要な意味を持つとされる。ひらたくいえば、対人関係術においては雰囲気やイメージが重要ということであり、武井はすでに当時、このことに気づいていたということになるだろう。

体調が悪く、めまいがしてフラフラのときでも、武井はでっかい声で、堂々と自信にあふれた態度で金主を口説いた。

「正直、命懸けだった」と武井はつづける。

「自分という人間を売り込むために接待もする。連日、明け方まで飲み明かし、一睡もしないで出勤するという日が何ヶ月もつづいた。女房は健康のことを心配したが、私は肝臓の一つや二つ壊れてもかまわないと思っていた」

まさに血ヘドを吐く思いで接待し、十人、二十人と金主を増やしていく。約束した運用益は絶対に約束を守る。金主は、みずからは手を汚さない。違法でなければ、自分が出資していることが表に出さえしなければいい。「武井は儲けさせてくれる」という信用がつけば、金主が金主を呼び込む。そして会社が一定規模に成長すれば、金融機関も相手にしてくれるようになる。これが武井の〝口説きの哲学〟だった。時計など高価なモノを身につけないという武井の処し方は、虚栄を排するという精神性でなく、〝口説きの哲学〟の延長線上にある処世術と言っていいだろう。

それともう一つ見逃してはならないのは、武井は金主に対して「誠実」であったということだ。「金主に誠実である」ということと「人間として誠実である」ということとは別次元のもので、「おカネを引っ張る」という目的のため、ビジネス上の信用を築くという意味で「誠実」だった。武富士の資金運用状況、回収率、利益、今後の見通し、さらにどんなトラブルが発生しているか、あるいは懸念があるかといったことを「誠実に報告」するのだ。

なぜなら、金主の常として、利息はきちんと払われていても、報告がないことに対して不安を募らせ、これが長くつづくと疑心をいだくことになる。武井は事細かに報告することで疑心を払拭し、より強固な信頼関係を構築しようとする。これがビジネスにおける「誠実」の本質であることを、武井は誰より熟知していた。

## 資金調達こそがノンバンクの命運を握る

アイチの森下会長も資金調達がノンバンクの命運を握るということでは、武富士の武井会長と考えは同じだった。

商業手形割引をメインに急成長していたアイチは、必然的に金融機関に資金調達のアプローチをするが、金融機関は社会の批判を浴び始めたノンバンクへの融資を躊躇した。当時はヤクザ組織のフロント企業など、怪しげなノンバンクも少なくなく、融資してコゲついたときに果たして回収ができるのかという懸念は当然だった。

だが、アイチとしては座しているわけにはいかない。森下は、カネを貸すノウハウと回収するノウハウについては絶対的な自信を持っているが、カネを引っ張るということに関しては、これまで必要に迫られなかったこともあり、自分の弱点であるということを自覚していた。

アイチが実力主義であることはすでに紹介したが、「この男なら」と見込んだ人間は特命で金融機関からの調達係りにした。

「料亭でも銀座でも、融資担当者を招待してどんどん使え。カネはいくら使ってもかまわない」

接待経費は〝青天井〟だと言ってハッパをかけた。

だが、そう簡単に融資が引き出せるわけではない。会長特命の担当者は朝九時半に会社を出て、飛び込みで銀行をまわる。銀行の店舗はオープンスペースなので、自由に入ることはできるが、窓口で会社名を名乗って担当者に面会を申し込むと、たいてい門前払いにされた。

銀行マンにしてみれば街金を信用していないだけでなく、

「おまえたちに商売させるための融資なんかできるか」

という蔑《さげす》みの意識が当時はあった。

アイチの調達係りにしてみれば、

「てめぇら、預金者のカネで相撲を取っているだけじゃねぇか」

という思いがあるが、もちろん口に出せることではなかったと述懐する人間は少なくない。

門前払いされても毎日、飛び込みで営業にまわる。前述のように店舗はオープンスペースなので行内には自由に入ることができるため、通っているうちに他の行員たちと顔なじみになり、笑顔で挨拶をかわすようにもなっていく。たまにはちょっとした雑談をかわしたり冗談を言ったりするようにもなり、

「こうなると、担当者に会ってはもらえなくても、何となくお得意をまわっている感覚

になってきて、銀行を訪ねるのが億劫ではなくなってくるものです」

と、当時、外周りしていた若手の元調達係りは語るが、飛ぶ鳥を落とす勢いで急成長していたアイチも、さらなる拡大経営を考えた場合、資金調達をどうするかがネックとなる。森下にとって大きな壁であり課題だった。

これは営業の王道とも言うべきものだが、門前払いをくらおうとシカトされようと、日参していると、本当に稀ではあるが、担当者がヒマなときにぶつかることがある。担当者のそのときの気分によっては、

「毎日、熱心だな」

と言って会ってくれることもある。

そして――ここが人間心理の摩訶不思議なことだが――こうしことが二、三度つづくと、情が移るというのではなく、

(あいつが来れば、仕事ということにしてサボれる)

という意識を持つようになる。

喫煙が当たり前だった時代ということもあるのだろう。仕事中は喫煙はできないが、

打ち合わせということにすれば、応接室で面談しながら堂々と一服つけられるというわけだ。

そのうち自動販売機で缶コーヒーをご馳走してくれたりして、

「で、条件は?」

話題もないので仕事の話になったりもするが、融資話がまとまることはまずなく、談笑はしても実質的な門前払いであった。

別の調達係りは、エリートというのはかくも傲慢なものなかという体験を、いまも忘れないという。メガバンクのB行に日参していたときのことだ。いつもは顔すら見せてくれない担当者がよほどヒマだったのか会ってくれ、一服つけて雑談を始めた。

「ところで」

と、行員が話題を国際経済に振って、

「ドル高のポンド安だな。円もそろそろヤバイかな。お宅たち、ノンバンクはこれをどう見てるんだ?」

調達係りは国際経済の動向など関心の外で、何と言っていいかわからず、

「ええ、まあ」

言葉を濁すと、

「おいおい、ノンキなこと言ってるな。昨日の〝ピンク・ペーパー〟に、円の動向について観測記事が出ていただろう？」

「えっ、ピンク？　エロ雑誌にですか？」

思わず目を剥くと
「お宅、まさか金融業をやっていて、フィナンシャル・タイムズを知らないと言うんじゃないだろうな」

軽蔑の眼差しで見た。

フィイナンシャル・タイムズ紙はイギリスで発行されている日刊経済紙で、紙の色がサーモンピンクであることから「ピンク・ペーパー」とも呼ばれた。この担当者が本当にあきれたのか、アイチのこの営業マンがそのことを知らないだろうとわかっていて、わざと言ったのかはわからないが、調達係りは屈辱感で頬が紅潮するのを感じたと述懐する。

その銀行が、やがて訪れるバブル景気に乗って融資競争に血道をあげ、「銀行は潰れない」という神話が崩れていくことになるのだが、当時は銀行マンも、アイチの資金調達係りも、そして森下も武井も想像だにしなかっただろう。

## アイチの預担融資のカラクリ

日参を繰り返すアイチの融資調達係に見かねたA銀行の担当者は、融資についての裏ワザを教えた。

「努力は大事ですが、信用を得るためには演出も必要なのです」

と明かした。銀行員にしてみれば、現在では融資はできない。しかし預金は欲しい。

そこでアイチの担当者に

「ウチに定期預金をしていただき、それを担保にしてくれれば融資は可能ですよ」と提案してきた。

〈預担だ。預担で演出すればいい〉

これならうまくいく――アイチの調達係りは、そう考えたのである。

預担とは預金担保の略で、定期預金を担保として貸し付けることだ。たとえば融資を受ける予定の銀行に五千万円の定期預金をする。定期預金は担保として提供するため、借入期間中は解約できない。銀行にはリスクがなく、しかも利息が入るとなれば融資を断る理由はない。

彼は預担でまずAなるメガバンクから融資を受けると、預担のことは伏せておいて各金融機関をまわり、

「うちはA銀行さんからも融資を受けているんですよ」

とさりげなく言って融資の話を持ちかけた。

「えっ、A銀行さんから？」

「ええ、このとおり」

と融資証明書を見せると、相手は驚き、たちまち融資の話はまとまるのだった。

結果だけを開示して経過は伏せるという手法は不作為になるが「融資を受けている」というのは事実でありウソではない。銀行という〝横並びの護送船団〟はリスク回避のため、お互いが右ならえする。ヤバイ橋であっても、他行そろってが渡り始めるとあわてて追従するし、石橋であっても他行が躊躇すると誰も渡らない。A銀行がアイチに貸してる、B銀行も貸している、C銀行も――となると一転、

「うちからも借りてください」

と積極的にさえなるのだ。

バブル経済前夜、錚々たる銀行がアイチに融資をするようになった。クルマの発進と同じで、出だしに馬力を要するが、いったん走り始めるとセカンド、サード、トップとギアチェンジし、軽やかに走って行くのだ。

だが、金融機関が金融機関に貸すというのは道義上、絶対にやってはいけないことである。金融機関は一般企業に貸すのが使命であり、仕事なのだ。その本分を忘れて同業者に貸し付けて利息を取るという鵜飼いの鵜匠のような商売のやり方は、社会の公器たる金融機関のやることではない。銀行は融資先を求めてすでに走り始めていた。「アイチなんて」「街金なんて」と、お高くとまって殿様商売をしていたのでは他行に遅れを取ると焦ったのだろう。

## 武井と森下は「運」の存在を信じていた

預担融資のカラクリが見事にはまったのは、いま振り返ればバブル前夜という幸運に恵まれたからだろう。時代を読んで手を打つ者もいれば、時代のほうから勝手に呼応する者もいる。時代に味方されることを運と言うなら、運はとらえどころがなく、人知の及ばざるものということになる。武井会長が占いにこだわり、森下会長が占いを無視するのは、運をどう考えるかということにつきる。

すなわち、人知の及ばざるものだから占いに頼るか、あるいは及ばざるものだから無視するか。一つだけ言えるのは、結局、二人は運の存在を信じているということになる。

これまで門前払いにしてきた銀行はやがてアイチの融資調達係りたちをお客さん扱いするようになった。

「変わり身が早い、と言われれば返す言葉もありませんが、辛酸を舐めてきたアイチの調達係りの人たちは〝客ヅラ〟することなく、Ｗｉｎ―Ｗｉｎの関係でいてくれました」

と、大手Ｂ銀行の元役職にあった人間が当時を振り返りながら、こんな秘話を打ち明ける。

「いまだから言えますが、変わり身の早さどころか、実はアイチで実践しているビジネス手法や考え方についてレクチャーを依頼したんです」

バブル景気を目前にして、ぬるま湯体質から脱却を図っていた銀行は、攻めに転じようとしていたが、融資ノウハウは石橋を叩くことしか知らない。レクの依頼は、たとえて言えば、机上の演習しか知らないエリート士官たちに、前線で戦う兵士の体験談を聞かせてやって欲しいということになるだろう。のちに、アイチがメディアで批判の集中砲火を浴びたとき、「銀行と街金とは違う」と紳士然としていた銀行が、裏ではアイチの融資ノウハウを学ぼうとしたという事実は、節操のなさと言うより、〝貸し付け戦争〟はそこまで激化していたということになる。

同行の上層部から森下に重ねて要請し、「そこまでおっしゃるなら」ということで、森下は社員を講師として派遣することになったが、「講師を見て驚きました」と、この元役職者は続ける。

経験豊富なベテラン社員が来るものとばかり思っていたところが、なんと二十代の〝青二才〟が派遣されてきたのである。

## アイチの手法を銀行が学ぶ

B銀行のセミナー室では、三十人ほどの行員が三人掛けの長テーブルに座り、ノートを開いて待っていたが、アイチの社員講師が入っていくと小さなどよめきが起こった。

（こんな若造が、俺たち銀行マンにレクだと？）

鼻で笑う者もいたと、元役職者が言う。

ところが、若い講師は開口一番、こう言った。

「私どもは銀行さんと違って、貸しつけるときは〝特急料金〟や〝超特急料金〟を頂戴します」

いきなりカマしたのである。

「融資の可否判断をいかに短縮するか、ここに勝負をかけているからです。稟議書を書いて、上司のハンコをもらって——なんて悠長なことはやってられない。融資をしたいと思ったら、ヒヤリング終わったらすぐその足で、お客さんと一緒に物件を見に行く。現物を自分の目で確かめ、ついで周辺の不動産屋を最低でも十軒まわり、実質的な不動産価値を割り出す」

ひと呼吸置くと、さらに声を一段と大きくして、

「なぜなら、銀行の下手な査定より、実際のマーケット・リサーチのほうが正確な担保価値がわかるからです」

そしてまず、武井会長の例を引いたそうだ。

「武富士といえば消費者金融の雄ですが、同社の武井会長は何より自分の目と耳とカンを大切にします。店舗を開設するときは、専門スタッフが通勤客の流れである通勤動線、買い物客の流れである〝買い物動線〟など、あらゆるリサーチを重ねて候補地を絞っていきます。これは銀行も同じでしょうが、違うのは、武井会長みずから足を運び、自分の目で見て最終判断をする。小口金融は店舗の立地条件がカギになるからです。そして不動産を買うときは必ず三回以上、その物件を見に行く。高額物件だと朝、昼晩と時間帯を変えて見る。曜日も変えて見る。雨の日、晴の日と天気も変えて見る。十回以上は足を運ぶんです。専門スタッフが客観的評価を出ているにもかかわらず、自分の目で確かめる。〝そこまでやるか〟ではなく、そこまでやるから武富士は業界トップになったのです」

## 森下はなぜ〝マムシ〟と呼ばれたのか

若い講師は、ついで森下の話をした。

「弊社の会長である森下は、ご承知のように〝マムシの森下〟などと芳《かんば》しからぬ異名で呼ばれていて、コワモテでビジネスをしているかのように思われるかもしれませんが、それは誤解です。コワモテでビジネスが成立するのはヤクザだけで、企業はそれでは成り立たない。

では、なぜ弊社の森下が〝マムシ〟と呼ばれるのかと言えば、ごまかしがきかないからです。ごまかそうとすれば徹底してこれを糾弾する。そのしつこさから〝マムシ〟と呼ばれるわけですが、なぜそういうことができるかと言えば、森下は数字が読めるからです。バランスシートを的確に読めるということにおいて、みなさんに引けはとらないでしょう。しかも金融関係の法律に精通している。机上の知識ではなく、現場で培った実践学です」

行員たちが軽い驚きの声を上げる。「カネ貸し」の親玉としてしか見ていない森下会長が、自分たちと同じようにバランスシートが読め、金融関係の法律に精通していようとは思いもしなかったのだろう。

若い講師はそれを見て、さらにこうつづける。

「驚かれるかも知れませんが、森下は経営トップでありながら、その日のカネはその日のうちに自分で計算するんです。毎朝か、あるいは帰りがけに必ず残高チェックをする。バランスシートを見るのが日課のようなもので、どんなに忙しくても、一日のうちの何時間かを割いて必ず目を通し、数字をすべて把握している。だから社員に対して厳しい質問が飛んでくる。森下が部署に入ってくると、全員が身構え、部屋は一種異様な緊張が走ったものです」

そして、

「ことほど左様に、自分の目で見て確かめるということが、ことに担保融資の場合は大切なのであります」

と言って、この話を締めくくった。

実務の話として、アイチでは有価証券を担保に融資しているという事例をいくつか紹介したが、反応がいまひとつなので、

「株券、数えたことありますか？　ある人は手を上げてください」

手は一本も上がらなかった。株券を数えるどころか、株券すら見たことのない行員もいた。当時、有価証券による担保融資は銀行ではやっていなかったことは承知はしていても、金融機関の人間が株券を知らないことに、若い講師は驚きながら、

「みなさんは百万円のお札を数えるのは早いかもしれないけど、私は株券を数えるのが得意です。アイチはそういう会社です」

と胸を張って見せたという。

「こんな若い社員が金融の第一線で活躍しているという事実に、アイチの力を見せつけられる思いでした。と同時に、このことは当行の若手が劣っているということよりも、人材育成はどうあるべきかということについて考えさせれたものです。〝マムシの森下〟がどんな社員教育をしているのか、内輪で話題になったものです」

銀行の元役職は森下の人材教育の奥の深さに驚いた。

まもなくバブル景気が起こる。国民がこぞって利殖に走り、本屋に〝マネー本〟が氾濫する。

日本そのものが異常であることに誰も気がつかないという、そのこと自体が異常だった。

バブルが弾けたとき、銀行が貸し込んだマネーは一気に不良債権となって苦境に立たされることになるが、そんなことは、このとき聴講した行員たちの脳裏をかすめさえしなかったろう。

## 手形を見ればすべての金の流れがわかる

狂乱のバブル景気を背景に、債務者の夜逃げや自殺がメディアを賑わせ始め、世間の街金に対する批判は次第に高まっていたが、商法が違法であればビジネスとして成立しない。世評はどうあれ、「自分たちは法に則って仕事をしている」――アイチ社員たちはそう思っている。反社会的勢力の零細なヤミ金融であるならともかく、すでに融資残高二千数百億円に成長したアイチは第二地銀なみの資金力を誇るまでになっていた。

一方、「一億総利殖家」という時代風潮のなかで、ヤクザ組織はフロント企業を抱え、地上げから違法金融、会社乗っ取り、手形詐取など経済事件が各地で起こり始める。だが金融事件は複雑で、捜査に当たる検察も事件の解明に手を焼き、アイチに捜査協力を求めてきた検察庁支部もある。

「資料は押収して相当量が手許にあり、通帳の出し入れについては見ればわかるとしても、預手とか手形とか、そういうことに関しては我々は経験が乏しい。ご足労願って資料を見ていただけないか」

このときも森下は笑って、

「断ると顔を潰すな」

と言って、こうした案件に詳しい社員を出向かせた。

この社員は検察官たちを前に、

「手形を見れば、すべての金の流れがわかります」

として、手形の流通経路を図に書き、金融機関同士の交換の仕組みなどをレクチャーしたのだった。

銀行、検察と相次ぐレクの要請、そして第二地銀なみの資金力。世評がどうあれ、時代はノンバンクの存在抜きでは語れなくなっていた。

## アイチへの資金調達が一億円から一千三百億円に膨らんだ

銀行との結びをつきが強くなったことで、アイチの資金調達係りは連夜、行員を接待した。

「カネの使い方が足りないぞ」

と森下がハッパをかけるほど、資金は潤沢に使えた。〝接待漬け〟によって、人間関係を密にすることを狙っていたのだろうが、森下の思惑を超えて接待が思わぬビジネスモデルを生み出すことになり、アイチをさらに飛躍させる。つい先ごろまで、ノンバンクを自分たちと同じ金融機関とは認めず、蔑んでいたはずの銀行が、不良債権をめぐってノンバンクに助けられる日がやってくる。

接待馴れしてくると、銀行員はアイチの人間に気を許し、飲むにつれ酔うにつれ、仕事上のグチをこぼすようになる。これは接待の基本だが、客の自慢とグチは大事な情報になるので、接待する側もそこは心得ていて、まず客をヨイショする。

たとえば、

「街金とメガバンクじゃ、社会的評価が天と地ほども違いますからね。○○さんがうらやましいですよ」

こう言って相手が胸を張れば自慢話になり、

「実は、ここだけの話だが」

得意になって情報を耳打ちしてくれる。

反対に、

「冗談じゃない。何が社会的評価だよ」

とグチになれば、上司の悪口や派閥、お得意の悪口、ライバル銀行の動きなどが口をついて出てくるので、これも貴重な情報になるわけだが、ある夜、グチを聞いていてアイチ社員は閃くのだ。

行員がさんざんグチを並べてから、

「オレも何だかんだヤバイことがあるのさ」

ともらしたときのことだ。

「それは聞き捨てならないですね」

と銚子を傾けると、

「A不動産の一件、聞いているだろう?」

という話になった。

「倒産《パンク》するようですね」

アイチ社員が水を向けると、

「うん。このご時世だから本業の業績はいいんだけど、オーナーが仕手戦で大ヤケドしちゃってさ。ウチは十億円ほど貸しているからそれが引っかかった。担当はオレだからさ、まいっちゃうよ」

「そうでしたか」

　相づちを打ちながらアイチの社員は閃くものがあったようだ。


　その夜の会話を元銀行員は、いまも鮮明に覚えている、と話す。

「アイチの社員がその十億、ウチが肩代わりしましょうと申し出たのです」

「唐突な話に僕は驚き、手が揺れて酒がテーブルを濡らしてしまいました」

　アイチの社員は畳み込むようにこう銀行員に言った。

「あなたの十億をかぶりますから、ウチに五十億を融資してください。これを年利一〇パーセントで運用すれば五億円の利息ですから、二年で十億。ウチはこれで、かぶった十億を回収できます。五年の貸付にすれば二年で回収できて、あとはすべて儲けになります。だから五十億を五年で貸してくださるよう取りはからってください。十億程度で、あなたをつまづかせるには惜しい。悪いようにはしませんから」

　十億円を肩代わりしても、不良債権はきっちり取り立て、さらに五十億円の融資が受けられ、これを貸し出しにまわせば金利という利益を生む。十億円がコゲつかなくてすめば銀行も得をするし、アイチは融資を得て儲かる。Ｗｉｎ―Ｗｉｎの関係のさらにその上、三方よしのトリプルＷｉｎの名案だった。

元銀行員によると森下は当初、このやり方が気に入らず、

「銀行の不良債権を肩代わりするなんてバカじゃねぇか」

と渋い顔をしたようだが、

「しかし、会長。銀行の不良債権は、実は〝宝の山〟なんです」

という熱心な説得に折れ、了承した、と話した。

この手法は当たった。アイチが銀行の不良債権を買っているというウワサが広まるにつれて、銀行のほうからコンタクトしてくるようになり、資金調達の額はどんどんふくらんでいったのである。

銀行の担当者との関係が深まるにつれて、アイチのなかでも人間関係に長けた資金調達係りは、そっと小遣いを握らせた。令和の時代からすれは、演歌が聞こえてきそうな「昭和の流儀」ということになるのだろうが、人間関係というのは結局は「昭和スタイル」ではないのか。

「私とつき合ったら、あなたを絶対出世させます。だからあなたの困ってることを言っ

てください。私が解決して見せます。悪いようにはしませんから」

言葉にすればこれだけのことだが、相手の警戒を解き、この人間の話に乗ってみようと思わせるには、信頼関係がなければできない。信頼関係とは、情という曖昧なものを主体とすることから極めてアナログ的であり、まさに「昭和の流儀」ということになるのだ。

さらにアイチは、生命保険大手八社の一つである千代田生命から一千三百億円という巨額資金の借り入れに成功する。若手の融資調達係りが飛び込み営業をかけたもので、アイチはメガバンクからも融資を受けており、業績からしてさすがに門前払いということはなかったが、融資額は一億円にすぎなかった。それが「昭和の流儀」という人間関係によって、一千三百億円にまでふくれあがっていくのだ。

ちなみに千代田生命は不動産関連と金融関連への融資を積極的に推し進め、ピーク時の年間収入は一兆五千億円。総保有契約高六十兆円を誇ったが、バブル崩壊とともに姿を消すことになる。

## 二人の怪物の人格は、お金に対する距離感にあらわれる

「二人の怪物」を並べて見ると、森下の「剛」に対して、武井は「柔」のイメージがある。

森下はせっかちで、何事につけても即断即決だった。三度の飯より好きと言われた趣味の将棋も、考えるより先に駒を動かす。相手に長考を許さず、テニスのラリーの要領でテンポよく指さなければ機嫌が悪かった。一時間に三、四局を指すのはいつものことだった。

こんな性格を考えると、自分を騙したりウソをついた人間に対しては怒り、怒ると徹底的に追い込むという手法は森下らしいだろう。直線的な性格である。

武井は違う。曲線的である。たとえば三十万円を貸した人間が返済不能になったとする。森下の流儀だと回収をかけ、それでも無理だと判断したら値引きし、そのかわり一週間以内に返済しろと迫るが、武井は急がない。

「月々いくらなら払えるか？」

と聞いて、

「一万円なら」

と相手が答えれば、

「わかった。では金利込みで一万円の六十回払いにしましょう」

と持ちかける。

一円でも返済されれば、それは経理上、不良債権ではなく正常債権になる。正常債権として会計処理をし、五年かけて少しずつ金利を取ることで儲ける。これが武富士の流儀ということになる。

のちに紹介するが、バブル崩壊で銀行が倒産し、そのあおりを受けてアイチが沈没するなかで、森下が早々に白旗を掲げるのはせっかちな性分――すなわち何事に対しても結論を急ぐからだろう。反対に武富士がしぶとく生き残っていくのは、これもひとえに武井の性格によるものであろう。

二人に共通するのは「値切る」ということだ。人格は、おカネに対する距離感にあらわれるということにおいて、「怪物」の素顔を知る手かがりになる。

まず、森下。

ヨーロッパ旅行の森下の楽しみの一つはショッピングで、性格からすれば即断即決で買うはずだが、そうはしない。徹底的に値切る。安く買おうというのではなく、店との駆け引きが楽しくてしょうがないのだ。

たとえば夏休みを家族とパリで過ごしたときのこと。森下が娘にせがまれ、洋服を買いに高級ブランド店に出かけた。店も心得ていて、ＶＩＰの森下から事前に来店電話があると、シャッターを下ろして貸し切りにしてしまう。娘は店の中を好きに動きまわり、目についた洋服を片っ端から手に取ると、ファッションショーのように取っ替え引っ替え試着する。気に入った何点かを前にマネジャーと値段交渉が始まるが、これは娘でなく、通訳を介して父親たる森下が担当する。

「これ、いくらだ？」

「五千万円です」

「じゃ、こっちは？」

「三千万です」

「これは？」

「二千万円」

「二着買えば値引きはいくらになる？」

そしてさらに、こっちはどうだ、あっちはどうだ、あれを持ってこい、これを持ってこい、とやって、

「で、これはいくらだった？」

「五千万円です」

「三千万じゃなかったか？」

まるで落語の『時蕎麦』のように、森下はニコニコしながらこうした駆け引きを楽しむのだ。

カネ持ちはケチだと世間でよく言われるが、森下はそれとは違う。たとえば買い物でこんなことがあった。コンコルド広場に馴染みの時計店があり、パリに行くとこの店に顔を出す。自分たち家族の時計でなく、プレゼント用にも買うのだが、例によって、取っ替え引っ替え時計をショーウィンドウから出させ、

「これ、いくら？」

「こっちは？」

「じゃ、五本まとめて買うといくらになる?」

押したり引いたり、マネジャーの思案顔を楽しみながら値段交渉を始め、何本かを買って支払いを済ませてホテルへ引き上げたところが、マネジャーがすっ飛んで来た。計算間違いをしたと言うのだ。

マネジャーが詳細を説明してから、

「したがいまして、申しわけありませんが五百万円の時計については、ご返却をお願いしたいのですが」

と恐縮しながら言った。

すでにカードで支払っている。プロにあるまじきミスとして、ペナルティーを課してもよい。債権者集会で見せるように、自分は正しく、非は相手にあるとなれば、一歩も退かない。「マムシの森下」という異名には、こうした一面もある。

ところが森下はニッコリ笑って言った。

「こちらこそ気がつかないで申しわけないことをした。お宅の計算ミスとはいえ、一度、購入したものを返すというわけにはいかない。五百万円は振り込みましょう」

紳士的に振る舞ったという。相手の態度に応じて「マムシ」にもなれば「紳士」にもなる。森下とは、そういう男なのだ。

武井は、森下とは対照的だ。森下が楽しみで値切るのに対して、武井は実利を念頭に値切る。しかも、徹底して値切る。

たとえば、社員旅行で熱海の旅館に泊まったときのことだった。

「おい、この酒は水で薄めているんじゃないのか！」

幹事を怒鳴りつけ、

「これじゃ、正規の料金を払う気持ちになれない」

値引き交渉を命じられた幹事は顔面蒼白になったと言う。

もし本当に水で薄めていたなら、正規料金を支払うどころか大問題になるが、武井の舌がそう感じただけだとしたら、旅館としては逆に黙ってはいられない。幹事が青くなるのは当然だろう。どう折り合いをつけたかは明らかにされていないが、武井のケチぶりを示す伝説として語られる「熱海事件」だった。

あるいは「銀座クラブ値切り事件」もある。銀座六丁目に馴染みのクラブがあり、武井は社員を連れてよく飲みに来ていたが、銀座にしてはリーズナブルな料金にもかかわ

らず、武井は値切る。半額まで値切ったこともあり、同席した幹部社員たちは気恥ずかしく思いながらも、

「あれぐらいでないと会長のように成功できないのか」

と、あとで感心したという。

あるいは、ある店で武井が接待中のこと。ママが勝手に高級ボトルを入れた。客の手前、武井は我慢していたが、店を出て客と別れるや、

「もうあの店にはいかないぞ！」

激怒したのである。

二人の「値切り方」は好対照だが、森下の「楽しむ」も、武井の「実利」も、値切ることにおいて、ミエというのものが一切ない。主体はあくまで「自分」であって、眼目は「自分が楽しむ」「自分が得をする」なのだ。値切ることによって相手にどう思われるかという価値観は微塵もない。二人は徹底して「ミー・ファースト」のリアリストということになり、世間の目を気にする私たちと、ここが決定的に違うところと言っていいだろう。

リアリストということで付記しておけば、酒にさえクレームをつける武井にしては意

外な感じがするが、盆暮れの挨拶は欠かさない。政治家から顧問弁護士、さらに防犯を含め、何かと世話になっている地元警察まで届け物をするなど、細かく気を配る。何を送るかは武井が決めるのだが、決して高価なものは贈らない。相手をA、B、Cのランクに分け、政治家ですら一万円以下のセット。それ以下のランクになると、ビール券や、当時は喫煙が一般的だったので煙草1カートンといった具合だ。〃ランク外〃に対しては、武井宛てに大量に届く贈答品を〃もらいまわし〃をした。

もらった相手がどこまで喜んだかはわからない。だが、「武富士の武井」がわざわざ贈ってきたとなれば悪い気はしない。カネのない人間がケチれば見下されるが、富豪はたとえケチっても、「贈ってきた」という事実に相手は価値を見いだす。武井はおそらく、この心理を熟知していたのだろう。ただのケチであるなら、最初からあちこちに届け物をするはずがない。

武富士は奇しくもバブル崩壊直後の一九九二年、総額七十億円を投じて新宿に高さ十四階の新社屋を新築する。

設計をコンペにして値切れば費用は安く抑えられるが、武井は世界的に有名な丹下健三に依頼する。本社社屋は武富士の旗艦である。しっかりとおカネをかけ、立派で、納得のいくものを建てるべきだと考える。必要なものには惜しみなくカネを出す一方、階段の角度からエレベーターやトイレの位置まで細かく指示し、とことん注文をつける。気にいらなければやり直しを求める。カネも出すが、それに見合う以上に口を出せば、値切らずして値切ったことになる。繰り返すように、こうした処し方をリアリストと言うのだ。

## 「金融の闇」の裏事情

金融の世界は魑魅魍魎が跋扈する。M資金に代表されるように、融資詐欺事件は後を断たない。一般のサラリーマンであれば一笑に伏すような〝荒唐無稽な案件〟であっても、経済の裏舞台を多少とも知る実業家は、何があっても不思議ではないということを知っているため、眉にツバをつけつつも、

(ひょっとして)

と関心を持つ。金融界を知るがゆえに騙されるという皮肉が、融資詐欺事件の本質と言っていいだろう。

アイチにも〝融資話〟が持ち込まれたことがある。金融に関しては百戦錬磨の森下を手玉に取ろうというのだから、仕掛ける側も相当のプロである。アプローチの方法は入念なものだった。

話を直接持ち込んできたのは、いわゆるブラックと呼ばれる金融ジャーナリストで、資金調達係りである旧知のK社員に、

「日銀OBで室長クラスの人がいるんだけど、会ってみないか?」

ともちかけた。

K社員に断る理由はなく、金融界に新たな人脈をつくるチャンスとばかり、この誘いに乗った。

都心にあるTホテルのティーラウンジでお茶を飲むことになり、K氏が出かけてみると、経済団体の元幹部で、メディアにもよく登場するF氏が同席していた。金融ジャーナリストに二人を紹介され、三十分ほど談笑した。ダークスーツの日銀OB氏は白髪の紳士で、著名なこのホテルに事務所を構え、企業相手に金融アドバイザーをやっているということだった。

テーブルを囲む四人に共通の利害があるわけではないので、話題はもっぱら景気の動

向など世間話の域を出なかったが、名刺交換しておけばいずれ何かの役に立つだろう。K社員はそう思ったと言う。金融ジャーナリストに十万円ほど謝礼を渡し、銀座クラブに案内して別れた。

三日後、K社員の出社を見計らったように、日銀OB氏から電話がかかってきた。

「一億スイスフラン——百二十億円を融資してもいいという話が私のところに来ています。これがうまくいけば、継続してもっと多くの融資がうけられます。興味がおありかどうかと思いまして」

挨拶もそこそこに、単刀直入に言った。

「あります」

即答する。

真義のほどはわからないにしても、話を聞くだけの価値はあると思った。Tホテル内の事務所を訪ねた。

日銀OB氏は言った。

「融資を申し込むには、英訳の企業説明書と決算書が必要です」

「英訳ですか？　私どもには英訳のものはございませんが」

「融資をお申し込みになるなら、すぐに作成していただかなくてはなりません」

「承知しました。急いで手配します」

K社員は四谷の本社に急いで帰るや、会長室に飛び込んだ。


森下は話を聞くと、首をひねった。

「しかし、会長。名簿で名前を確認しました。確かに日銀OBで、室長クラスです。Tホテルに事務所を構えてます。いま、そこへ行ってきました。先日は、F氏とも同席して親しく話をしました」

「だから、できすぎだと言うんだ」

「かもしれません。しかし、英訳の会社説明書と決算書が必要だと言われました。相手はスイスですから。会社説明も決算書も膨大な量になります。ことに決算書は専門知識もいります。総務に問い合わせると、印刷製本まで含めて三千万ほどかかるのではないかということです。これが融資詐欺なら、そこまで面倒なことを要求するでしょうか。うまくいけば、継続して融資が受けられます」

「わかった。やってみろ」

と森下は即断した。

Ｋ社員はすぐに専門業者に依頼し、二週間で英文の原稿にすると大至急印刷にまわして日銀ＯＢ氏の事務所に届けると、パラパラとめくり、うなずいてから、

「念書を書いてください。成功報酬として一パーセント、一億円です」

と言った。

報酬がいくらになるのか、Ｋ社員は気をもんでいた。おそらく三パーセント程度ではないかと覚悟していただけに、一パーセントの提示に安堵しながら、

「承知しました」

と返事した。

事務所を出て、ホテルのロビーから森下に報告すると、

「どうかな」

と、懐疑的な声で言って、

「海外の資金調達に詳しい武井さんのところへ電話して意見を聞いてみる」

そう言って電話は切れた。

## 後悔とグチを吐かなかった森下

武井会長は森下の電話に答えた。

「もうちょっと調べてみてからのほうがいいんじゃないか」

開口一番、言った。

「調べるというのは、話を持って来た日銀ＯＢですか、それともスイスフランの出所についてですかね？」

「ま、いろいろだね。私のカンだけど」

融資のビッグチャンスなのだ。だからＫ社員らは、不眠不休で作業に当たってきた。武富士はすでに海外から資金を調達していたので、海外の金融事情には明るいことはわかる。だが、具体的なことは何も指摘しないで、カンでものを言われるのは承服しかねた。

「負け犬はいつも〝信義の御旗〟を押し立てて泣きを見る。ビジネスの要諦はいかに信義を反故にするか、この一点にある。先ごろアメリカのＭＧＭと映画を共同制作することで仮調印した。ウチが五百億円を投じる」

「うかがっていますよ」

「やめた」

「えっ？」

「たいした儲けにならないことがわかったからだ」

「しかし仮調印されたんでしょう？」

「全面破棄にした。キャンセル料も払わない」

「向こうは困るでしょう」

「困るのは向こうの問題で、私ではない。これがビジネスというものだ」

　森下は海外旅行中ということにして念書の提出を遅らせ、メガバンクの知人に依頼してスイスフランと、この日銀ＯＢについて改めて調査を始めさせたが、内情をあかすことができないため、成果は皆無だった。

　すでに三千万円の費用がかかっているし、ＯＢがへそを曲げれば融資話は壊れてしまう。

　焦燥の日々を過ごして二週間ほどして、

「警視庁に逮捕《パク》られた！」

金融ジャーナリストが噛みつくような電話で、日銀ＯＢが逮捕されたことを知らせてきた。

逮捕の理由は〝詐欺〟だった。

日銀ＯＢ氏の詐欺の手法は、〝成功報酬の念書〟を金融機関に見せて信用させ、融資を実行させせて取り込むというものだった。英訳した制作費三千万円は無駄になってしまったが、森下はこのことにはいっさい触れなかった。サンクコスト――返ってこないコストは意識のなかで〝損切り〟しているのだろう。

洋服テーラー時代に不渡り手形を食って倒産したときも、バブル崩壊でアイチが空中分解したときも、森下の口から後悔やグチの言葉を聞いた人間は一人もいなかった。

# 第四章

# すべての営みは〝弱肉強食〟

## 「ヤクザは怖くても、イエス・ノーをハッキリ言え」森下の信念

手形は企業にとって命そのものである。

その命を預けて融資を受けるわけだが、手違いやアイチ社員のミスで、企業を死なせてしまうこともある。手形担保の融資は、借りる側には文字どおり命がけなのだ。

こんなことがあった。水道設備会社が手形担保でアイチから融資を受け、期日の前日に返済した。手形の依頼返却の手続きをして無事終了となる。ところが経理担当者がうっかり手続きするのを忘れてしまい、手形交換所に回ってしまったのだ。このままでは不渡りになるが、もうどうにもならない。

担当者はそれを承知で手形交換所に走り、

「父親に不幸がありまして……」

平身低頭して依頼返却を懇願する一方、森下会長を通じて有力政治家に働きかけるな

ど、八方手を尽くして何とか手形を引き上げた。不渡りをまぬがれ、担当者は安堵したが、このドタバタ劇が引き金になって信用不安が起こり、倒産してしまったのである。

資金の手当てがつかず不渡りになるのは自業自得だ。倒産したとしても、心が痛むことは少ない。だが、自分のうっかりミスが倒産を誘発してしまったのだ。水道設備会社に関わる社員とその家族、そして経営者一家は路頭に迷う。経理担当者は痛恨の極みだったと言う。


手形融資は、サラ金のように「貸す側」と「借りる側」という相対《あいたい》の関係でなく、複数の企業や関係者の利害が絡まり合っている。丁々発止の返済交渉もあれば、債権回収の攻防もある。朝の出勤時、会社の玄関先で張り込んでいたヤクザに、アイチの社員が拉致されることもあった。社会的な体面上、警察沙汰にできない案件はアイチの上層部が裏で話をつけたりすることになるのだが、

「返せ」

「返せない」

「貸せ」「貸せない」

ということでそこまでモメることは、まずない。相手を怒らせ、実力行使にまで発展するのは、「担当者が嘘を言った」という逆恨みがほとんどなのである。

たとえばヤクザに融資を談判されると、

（無理かな）

と思っても、それをハッキリ口にするのは恐い。

「何とか頑張ってみますから、もうちょっと待ってください」

と、ついその場逃れのことを言ってしまう。

借り手が火がついたように「貸せ、貸せ」と迫ってくるときは、ヤクザ同士の貸し借りなど、のっぴきならない筋から返済を迫られている場合が多く、ここを見落として曖昧な返事やリップサービスをしてしまうと、相手は当てにしてしまう。

そして、こうしたやりとりが二度、三度とつづき、結論が先送りされると、

「てめぇ、この野郎、もうちょっと待てと言うから待ってたんじゃねぇか！」

貸す、貸さないのではなく、リップサービスに噛みつき、最後は拉致にまで事態がこじれることになる。

だから森下は研修を通じて、

「怖くても、イエス・ノーをハッキリ言う勇気を持つこと」

と、くどいほど念を押すのだった。

だが、いくら気をつけていても、おカネの貸し借りにトラブルはつきものだ。仕事ができる社員ほど、それに比例してリスクは高くなる。交渉でトラブルが懸念される案件は、警備会社のガードマンを同席させることもあるが、あくまで同席するだけで、交渉のやり取りには介在できない。話がモメても割って入ることもできない。だが、相手が暴力を振るったら即座に警察に通報することはできる。それだけでも心強かったと、アイチOBは口をそろえる。

トラブルになっても因果関係がハッキリしていれば手の打ちようがあるが、身に覚えのないことでつけ狙われることもあり、これはすくみ上がるほど恐かった。

「××組が血眼になってお宅を探しているらしいよ。何かあったんですか？」

事情通にこんなことを耳打ちされることもある。

「なんで私が！」

「よく知らないけど、銀座から六本木から赤坂から夜通し探しまわって、〝見つけたらただじゃおかねぇ〟って息巻いているみたいだよ」

そのときから、街を歩いていても、電車に乗っていても、ハリネズミのように全神経を周囲にとがらせる。夜も眠れない。神経衰弱になる者もいた。根も葉もないウワサに過ぎなくても、

「そんなバカなことが」

と笑い飛ばせないところに、アイチという会社の特異性があったということになるだろう。

## ヘタすりゃ、コンクリート詰めで東京湾

融資を事業とするノンバンクでありながら、アイチの活動は多面的だった。メディアをにぎわすような経済案件は手形が絡むことが多く、アイチの社員が登場することも少なくなかった。

仕手集団がM観光ホテル乗っ取りを画策し、裏社会の著名な紳士たちが登場する経済事件が起こったときのことだ。この仕手集団がM観光ホテルの担保株式の回収をアイチに依頼する。

「アイチがM観光ホテルの担保株式を買い取る」

という情報はたちまち拡散し、アイチが指定した某銀行の目黒支店の支店長室にブローカーたちが株券を持って続々と集まってきた。

「アイチの若手社員がボストンバッグを二つかかえてやって来たよ」

と、某ヤクザ組織の幹部が振り返る。

「カタギには見えない連中が何十人も詰めかけて異様な雰囲気の中を、この若い社員は堂々と胸を張って入ってきた。買い取る立場だから強気なのはわかるけど、そのころアイチは飛ぶ鳥を落とす勢いだからね。自信を持っていたんだな。〝地球はアイチのためにまわっている〟と言った人間もいるんだから」

若手社員が持参したボストンバッグには、十文字に帯封がされた一千万円の札束三十個がビニールでパックされたもの――すなわち〝日銀パック〟が入っていたと、ヤクザ幹部が言う。

若手社員が、部屋の前方にある長机の向きを変えると、ずっしりと重いボストンバッグをその上に置いて椅子に座る。株券を手にした男たちが先を競うようにして縦一列になって並ぶ。キャッシュ・オン・デリバリー――株券と現金を引き替えるのだ。

ところが、この若い社員はボストンバッグから〝日銀パック〟を取り出そうとした手を止めた。

「よう、早くしてくれよ」

後ろのほうから不満の声があがる。

「なにもモタついてんだよ！」

若造だと思ってナメてかかったのだろう。怒声が飛び始めたところで、

「今日はやめます」

と言って立ち上がったのである。

「ちょっと待ちなよ！　ここからまともに帰れると思っているのか」

数人が立ちふさがった。

「てめぇ、その言い方は何だ！」

「買い取るというから来たんだろ！」

「若造、帰れるもんなら帰ってみろ！」

怒声が怒声を呼んでブローカーたちの目が血走り、殺気立ってきたのである。

実は、こうしたケースでの株券の買い取りは、支払った現金より株券が少ないという

ことがときたま起こる。株券の枚数によって買い取り価格に端数が出るため、ごまかすブローカーがいるのだ。それに今日は思った以上にブローカーたちが詰めかけている。〝日銀パック〟を開けて、一人ずつにカネ勘定して支払うというのも煩雑で、たいへんな労力と時間を要する。

だから若手社員は「今日はやめる」と言ったのだろうが、おさまらないのはブローカーたちだ。

「騒ぎ始めたんで、その若い社員は〝誰か代表を決めてください〟と言ったんだ」

と幹部が言う。

誰かが一括して株券を集め、それと現金を交換し、それぞれに分配させるという提案で、この幹部が前に進み出て、

「××組の○○だ。オレが話をまとめる。気にいらない者がいたらそう言ってくれ」

ドスのきいた啖呵に異を唱える者は一人もいなかった。

「株券はオレが預かるから、ここに置いて、外の喫茶店で待っていてくれ」

と告げ、全員がテーブルの上に株券を置くとドヤドヤと支店長室から出て行った。

「オレと差し向かいで座るんだから、アイチの若造はいい度胸だったな」

と、幹部は続ける。

「支店長が立場上、同席しているんだけど、都市銀行のエリートにしてみりゃ、こんな修羅場は初めての経験だったろう。部屋の隅の椅子で顔を引きつらせていた。一方のアイチの若造は、きっちり株の枚数を確認した。二億円分だ。〝あとはおまかせしますのでよろしく〟と言ってボストンバッグからカネを出そうとしたので、それを押しとどめて、立ち会ってくれと言ったんだ」

幹部が言うには、アイチの人間がブローカーたちの前でカネを取り出して見せれば、オレは一銭も抜いていないという証明になる――そう言うわけだ。

若手社員はうなずくと、

「では、三十分ほど時間をください」

と断ってから会社に電話し、社員が株券を受け取りに来るのを待って、幹部と一緒に喫茶店に向かったという。この緊迫した状況のなかで、もし襲われて株券を奪われたら大変だと思ったのだろうと幹部は推測しつつ、

「オレを三十分も待たせるんだから、いい度胸だよな。さすがアイチの人間だと感心し

たのを覚えている」

と笑う。

広い喫茶店だったが、ブローカーたちで貸切状態だった。アイチの若手がボストンバッグからレンガ（一千万円の束）を取り出し、テーブルに二十個並べた。マスターがカウンターの向こうで目を剥いたが、すぐにその目をそらせた。ウェイトレス三人は避難するかのようにカウンターの端で身を寄せていた。

幹部が札束の上に手を置いて言った。

「これから配当を出すから一列に並んでくれ」

椅子を鳴らしてブローカーたちが並ぶ。

「えーと、おまえは百、おまえは二百……」

と、持ち込んだ株券に応じて配当していく。

「まるで〝山賊の山分け〟みたいでしたね」

と、あとでアイチの若手社員が含み笑いしたので、幹部はクギを刺す意味で言ったそうだ。

「話によっちゃ、あんたは拉致《さら》われてたんだぜ。ヘタすりゃ、コンクリートに詰められて東京湾だ」
さすがにこの言葉に、アイチ社員の類は引きつったという。

## 森下と武井の〝人間の幅〟

武井は、あとで述べる「ジャーナリスト宅盗聴事件」で逮捕され、有罪判決により武富士会長を辞任する二〇〇六年まで、外部から七人を社長として武富士に迎え入れている。野村証券元専務の清川昭や松井証券元専務の元久存《めぐむ》など、錚々たる人物を招聘しながら、在職期間はわずかに二、三年、元久にいたってはわずかに九ヶ月だった。

その理由を、武井はインタビューに答えて、

「外の人はよく見える」

という言い方をしているが、社長として三顧の礼をもって招聘しながら、武井は経営権を手放さなかった。すでに紹介したように、自分が絶対で、自分の決定に異を唱えれば即座にクビにする。歴代社長は、立場と責務から経営に口出しをすれば、武井に疎まれるか、嫌気がさして辞めるかどちらかになるのだろう。

武富士という組織は、武井という「絶対君主」と、社員という「その他大勢」に明確に分かれている。社長以下、役職という序列はあるものの、それは「その他大勢」における序列であって、武井の目からすれば所詮、「その他大勢」の一員に過ぎないということなのだ。

武富士が東京、千葉、神奈川県内に十支店しかなかった時代に入社し、武井の右腕として武富士を発展させてきたO専務が突如、左遷され、やがて武富士を去る。有能で、キレ者で、部下だけでなく外部の人間からも信望が篤く、

「武井さんが不在でも、O専務がいれば武富士は安泰だ」

とまで言われた人間だっただけに、何があったのか、業界はこの話題で持ちきりになった。

武井と交流のある森下は、O専務が武富士を辞めたと知って、

「うちで欲しいな」

と言ったほど有能だったたが、

「結局、仕事ができすぎたんだな」

と、感想をもらした。

トップは有能な部下を重用するが、有能すぎると遠くへ追いやってしまう。これは戦国武将の昔から普遍の人間関係である。有能すぎる部下は寝首を掻かれる危険があるだけでなく、嫉妬もいだく。これは零細企業であれ、一国の支配者であれ、ナンバー2に人気が集まるようになると必ず芽生えてくるものである。仕事ができなければ軽んじられるし、できすぎると嫉妬から排除されてしまう。二律背反を生きるのがナンバー2であり、トップとの人間関係の間合いがうまくとれる人間だけが生き残っていく。O専務は電算室長に左遷され、さらに子会社へ出向させられたところで武富士を辞め、金融コンサルタント会社を設立する。

武富士の役職者たちは、O専務が遠からずそうなることを予感していたと言う。

「Oは最近、銀座で飲みすぎだな」

と揶揄する言葉を耳にしていたからだ。

森下は、本気でぶつかっていけば一社員の献策にも耳を傾ける。社員との人間関係において、武井ほど非情ではない。自分の判断に絶対の自信は持ってはいても、武井のように「自分だけが正しく、他はすべて間違っている」とまでは独断しない。そうしたことから森下のほうが人間の幅が広いように見えるが、視点を変えると、武井は〝正直〟

で、森下は〝ずるい〟と言うこともできる。どっちの処し方が正しいかではない。何事においても自分流を貫くところに彼らの非凡さがある。

顔が広く、業界の内外で信望の篤いO専務だけに、この追放劇はサラリーマンの処し方として、長く語りぐさになった。トップや上司との人間関係には細心の注意を払い、仕事が首尾よくいったときは常に花を持たせること。得意になっていると嫉妬を買い、放り出されてしまう。徹底してトップや上司の〝踏み台〟になれるかどうか。信長に対する秀吉の〝草履取り〟こそ、普遍の処し方であることをO専務の一件は教えた。

## 「担保手形の怖さ」こそがアイチの強み

融資を求めるのは、カネが足りないからである。商売がうまくいかず、支払いのカネが足りないという〝マイナスの金欠〟もあれば、儲かっていても投資にまわす資金が足りないという〝プラスの金欠〟もあるが、

「足りない」

ということに変わりはない。

無担保の消費者金融から借りているのであれば、極論すれば踏み倒しても〝実害〟は少ない。厳しく取り立てられたり、場合によっては財産を差し押さえられたりもするだろうが、それだけのことだ。

ところが、手形を担保に借りていれば、そうはいかない。期日に手形が落ちなければ事実上の倒産になるため、貸し主に懇願してジャンプ（期日を延ばす）してもらうしかない。了承してくれればいいが、「ノー」ということになれば何が何でも手形を落とすしかなく、それができなければ倒産である。

ここに担保手形の怖さがあり、同時にアイチの強みということになる。森下はこの強みをフルに活かしてビジネスをする。

アイチは週休二日に加え、夏休暇は社員で一ヶ月、森下会長は四十日をとってヨーロッパで過ごすことはすでに紹介したが、返済に懸念のある相手に融資する場合、森下は担保手形の期日をわざと旅行中に設定して振り出させる。こうしておけば、客が手形のジャンプを頼んできたとき、

「会長と連絡が取れない」

という理由で、社員は可否の判断を仰ぐことができなくなる。倒産をまぬがれるため

には、客は何が何でも手形を落とすしかなくなるというわけだ。

当時は携帯電話もインターネットも普及していない。

海外に出てしまえば、あらかじめ指定した時間に電話の前でスタンバイしていない限り、客は森下会長と話をすることはできない。ファックスを送っても、それが読まれる保証はない。

海外に出る前、森下はあらかじめこんな指示をした。

「A社は将来性がある。あの社長なら会社をもっと大きく発展させるだろう。ジャンプを頼んできたら承諾してやれ」

「B社は経営努力が足りないな。ジャンプを頼んでくるだろうが、どのみち不渡りを出す。ウチもじゅうぶん商売になったからもういいだろう。〝会長はヨーロッパを旅行中なので連絡が取れない〟と言っておけばいい」

森下が日本にいても、ジャンプを拒否すればすむことである。あえて期日を海外旅行中に設定し、不可抗力を理由にする必要はない。

「マムシ」と呼ばれながらも、憎まれたくはないという人間の根源的な思いがあったのだろうか。

## すべての営みは弱肉強食である

　アイチが急成長していく主戦場はゴルフ場への貸し付けだった。銀行がゴルフ場の融資に積極的でなかったからだ。ゴルフ場は数十万坪という土地資産を持っているため、担保価値が高いように思えるが、そうではない。地上げに絡み、暴力団が土地の一部を所有するなどトラブルを引きずっているケースもあれば、一部が借地になっていることもある。また、ゴルフ会員権という一種の付帯権をつけて売っているため、土地の処分は容易ではない。だから銀行は敬遠した。

　だが、オイルショック以降、ゴルフ場は資金難に苦しんでいる。森下はここをビジネスチャンスと見て、アイチは急成長していく。融資金の何倍もの土地を担保に取り、返済不能になるや容赦なく取り上げて行く——これが「アイチ商法」としてメディアで批判され、「マムシのアイチ」「マムシの森下」と呼ばれる。

「確かに森下会長のビジネス手法は厳しかった。追い込むと決めたらトコトンで、息の根を止めるまで追い込む。それはそのとおりです。しかし法外な土地担保を設定し、それを巻き上げるというビジネスはやらなかった」

という声が一方である。

アイチの元幹部の一人は、こんなふうに言う。

「森下会長は、〝アイチは金融業であって、不動産屋ではない〟というスタンスです。要は、貸したカネに利息がついてもどってくればいい。そう考えている。担保の土地が目当てであれば系列に不動産会社を設立するが、アイチは最後まで不動産会社を持たなかった。

銀行もそうですが、土地担保を取り上げるカラクリはこうです。返済が不可能になれば金融機関は担保の土地を競売にかける。そして、競売価格にちょっと上乗せした価格で、系列の不動産会社に引き取らせる。つまり一般市場に出さないで、自社の系列にメリットを持たせるわけです。ところがアイチは不動産会社を持ってない。担保の土地を競売にかけるときは、第三者の不動産会社にまかせ、売却金から返済金を回収する。これが森下会長の手法です。

そもそも考えてみればわかるでしょう。借り手に融資金の何倍もの土地を担保に提供できるだけの財産があれば、金利の高いアイチを頼らなくても銀行から融資が受けられます」

ビジネスは戦争である。戦争と道義は別次元のものであって、戦争を道義の視点で語るのは間違いであるにもかかわらず、当時はこれらを混同して「善悪」で評価した。アイチや武富士の商法は、「道義」の視点から徹底的に批判された。価値観が時代性を背景にする以上、この批判は当時において正しかった。

だが、価値観や評価に「絶対値」はなく、時代に左右されるということを私たちは認識しておく必要がある。

森下は仕手筋の金主として証券担保金融に乗り出すのだが、そのやり方は仁義も信義もないとして批判された。たとえば、A社がアイチから資金を借りて仕手戦を挑んだとする。当然、株価はつり上がっていくが、森下は仕手戦の成り行きを注視していて、仕手側が不利になると読めば、A社に無断で担保の株をさっさと売り抜けるというのだ。

「儲かりさえすれば何をやってもいいのか」

と憤りたくなるが、では次のケースはどうか。

大塚家具は周知のように〝親子分裂騒動〟で売り上げが低迷。株価が大幅に下落し、店舗売上高が前年比マイナスがつづいたとき、メインバンクの三井住友銀行は担保に取っていた大塚家具保有株をすべて市場で売却した。株主の利益を最優先に考えれば、これは正しい。「道義」を盾にいつまでも株式を保有していれば、株主に損害を与えたとして訴訟を起こされるかもしれない。利益を最優先するのが経営責任とすれば、森下がとった手法は、現代においてどう評価されるだろうか。

企業は、苦境に立てばリストラもやるし、納入業者を買い叩きもする。工場の閉鎖もやる。かつて企業は「どんなに苦しくても従業員は解雇しない」ということが美徳とされ、企業の社会的信用につながっていたが、いまやリストラは当たり前の経営手法になり、社会もそれを当然のことと受け入れている。

かつて企業の乗っ取りは、人倫に背く行為として社会から糾弾された。ところが、かつての乗っ取りはM&Aと呼ばれ、正当な企業活動の一部になった。自民党税制調査会の甘利明会長は二〇一九年九月、消費税の増税を前にして、M&Aに対して減税措置を検討するという方針を示した。利益の蓄積である内部留保の活用を企業にうながすのが目的ということが、視点を変えれば〝乗っ取り〟の奨励ということである。

メガバンクも倒産企業は管理下に置く。役員を派遣し、再建した段階で手を引くとはいえ、創業家や旧経営陣が追い出されるということにおいて、実態は〝乗っ取り〟である。あとで記すように、金利のグレーゾーンを逆手にとって高金利をとった手法や取り立ての苛烈さは道義を超えて厳しく批判されて当然としても、昆虫の生存競争から人間社会の経済活動まで、すべての営みは弱肉強食であり、強者だけが生き残っていく。かつて恐竜がそうであったように、森下と武井は〝経済進化〟の過程で一時代を築いた「怪物」であり、「カネ貸し」が「ファイナンス」と言い換える新時代になって姿を消していったということになる。

## ビジネスは修正よりも〝見切り〟が大切

飛ぶ鳥を落とす勢いのアイチは一九八五年九月六日、「アイデン架空事件」に絡んで森下が逮捕され、足元をすくわれる。

事件の経緯はこうだ。株式会社アイデンは、迎賓館や皇居新宮殿の照明も手がけた伝統と技術のある照明器具メーカーだったが、一九八五年四月、九十億円の負債を抱えて倒産する。その引き金になったのが三十二億円にのぼる架空の第三者割当増資で、東京地検特捜部は、同社の社長と常務を公正証書原本不実記載、同行使の疑いで逮捕するが、増資三十二億円のうち十五億円をアイチが〝見せ金〟として貸し付けたものと断定。同容疑で森下も逮捕する。この架空増資は森下が裏で絵を描いたものという見立だった。森下は懲役一年（執行猶予二年）の実刑判決が下された。

一方、時代は大きく動き、助走をつづけていたバブル景気は「アイデン架空事件」の翌年――一九八六年十二月から本格的に始まる。金融業界は不動産関係を中心に融資先を求めて狂奔するなかで、森下は冷静だった。

「そろそろビジネスの転換期かもしれない」

側近たちに、そう漏らした。

実刑判決を受けたことで、アイチを見る世間の目は一段と厳しさを増しているが、時代は空前の好景気。頼ってくる企業は少なくない。〝駆け込み寺〟として法令を遵守して経営すれば、まだまだ伸びていく。そう進言する側近もいる。

森下にも、そのことはわかっている。だが、実刑とはいえ執行猶予がついたことで、特捜部としては面白くあるまい。これから自分は徹底的にマークされるだろう。特捜部と対峙しながら、いまの仕事がどこまでつづけられるだろうか。そう考えると、今回の逮捕は、新たなビジネスチャンスを探すということにおいて、ターニングポイントになるかもしれない。これが森下の考えだった。

## アイチの総資産が五千四百億円を超えた時

森下はサンクコスト――すなわち、「埋没費用」について後悔もしなければ愚痴もこぼさない。すんだことはとやかく言わず、新たな方向に舵を切る。洋服業から街金に転じたように、森下は絵画ビジネスに目を向ける。一九八八年十一月、青山に画廊「アスカインターナショナル・ギャラリー」を立ち上げた。

そして、その翌年の一九八九年十月十八日、アスカインターナショナル・ギャラリーのスタッフたちは、ニューヨーク・サザビーズに乗り込み、二階フロアの最前列に陣取る。サザビーズは世界的に知られたイギリスの美術品競売会社で、この日、米国食品メーカー「キャンベル・スープ・カンパニー」のドーランス元会長の絵画コレクションがオークションにかけられていた。

出品は印象派、近代絵画合わせて四十四作品。絵画担当のアイチ社員が携帯電話を耳に当てたまま、東京にいる森下の指示を仰ぎながら、ピカソ『オー・ムーラン・ルージュ』、ゴッホ『海の男』、モネ『セーヌ川岸』ほか計七点を三十五億五千万円で落札。世界の耳目を集める。

さらにこの年の五月初旬、やはり世界的に有名な競売会社クリスティーズのオークションには森下自身がスタッフを引き連れてあらわれると、わずか二時間の間に三十点を約百三十億円で落札し、

「我が社の歴史において、一日のオークションで最高額だ」

とクリスティーズの関係者が驚嘆する。

そして、このオークションから四ヶ月後の九月、森下は同社の株式七・二パーセントをオーストラリアの事業家から七十六億円で取得し、第二位の大株主になる。アイデン架空増資事件から四年後のことだった。

一九八五年九月、ニューヨークで開催された先進五カ国の蔵相・中央銀行総裁会議で、為替レートの安定化が発表され、世界経済は「ドル安円高」に向かう。これが通称、プラザ合意と呼ばれる。極端な円高が進んだことから海外製品が安く買えるようになり、日本で空前の絵画ブームが巻き起こる。翌一九八六年には、日本の美術品輸入総額がドルベースで前年の四倍に達していた。安田海上火災がゴッホの『ひまわり』を四〇〇〇

万ドル（当時の為替レートで約五十三億円）で落札する。一枚の絵の取引としては最高額だった。バブル景気の凄まじさであった。

「これからのビジネスは絵画だ。日本の絵画市場はまもなく一兆円規模になる。この先、四、五年で間違いなく三兆円にまで成長するだろう」

これが森下の読みだった。

森下は絵画に造詣が深い。絵が好きなのだ。初めて絵を所有したのは洋服業をやっていた時代で、二十二、三歳のころだった。写楽の版画を十枚五十万円で売ると言う人間があらわれた。いまの貨幣価値で一千万円くらいである。欲しくて欲しくてしょうがなかったが、手元のカネは三万円しかない。ちょうどそのころ、初めての持ち家として、千葉県に建売住宅を買ったばかりだった。三万円の現金に家の権利書——二十七万円を担保に差し入れ、残り二十万円を月賦にしてもらって手に入れる。

後年、インタビューに森下はこう答えている。

「やっぱり、絵が好きだから買うんだね。二枚を除いて今でもそっくり持ってますよ。一枚は弁護士の新築のお祝いに、もう一枚はモナコのレーニエ公にプレゼントした。一九六一年にオークションで初めて落札したルノワールは二百万円だったが、いまは二十億円はする。だけど、私個人のコレクションは絶対、売らない。一枚一枚見ていて、ああ、これはこうして買ったんだと、その時々の状況が脳裏に浮かぶ。それがコレクター冥利なんだね。二、三十万円のリトグラフをOLが買って寝室にかけるのも、我々が十億円のルノアールを家にかけるのも、価値観が全く同じですよ」（月刊Ａｓａｈｉ／1990年8月号）

アスカインターナショナルは設立と同時にニューヨーク、ロンドン、パリなど海外の美術市場を席巻した。いつもオークション会場の最前列に陣取り、めぼしい作品を根こそぎ落札していき、たちまち取引高で日本一になる。このころアイチは傘下にファクタリング・アイチやナフコファイナンス、サンライフといった関連会社を持ち、その総資産は五千四百億円を超える。「マムシ」という悪評は依然としてついてまわっていたが、業績は武富士と並ぶノンバンクの花形企業だった。

アスカインターナショナルを設立した二年後の一九九〇年、大昭和製紙の齊藤了英名誉会長が、ゴッホ末期の名作『医師ガシェの肖像』を八二五〇万ドル（当時の日本円にして約百二十四億円）で落札。森下の予想どおり絵画ブームは加熱の一途をたどる。

## 森下の上を行った東京相和銀行のドン

森下の盟友として知られているのが、のちバブル崩壊によって経営破綻する東京相和銀行（前身は東京相互銀行）のドン、長田庄一会長である。当時、ノンバンクへ積極的に貸し込んでいたことから、長田会長は「街金融の元締め」とも呼ばれていた。

こんなエピソードがある。意外に知られていないが、長田会長の趣味の一つは、ゴルフ場の手入れで、東京相和は静岡県に富士エースゴルフ倶楽部を所有しており、週末に時間ができると出かけていた。炎天下の真夏も欠かさない。麦わら帽子をかぶって、玄関まわりなどを庭箒《にわぼうき》で掃除する。打ち合わせに呼びつけられたノンバンクの人間が長田会長とは気づかず、

「ちょっと爺さん、そこをどいて」

と言って道をあけるよう言ったところが、長田会長であることに気づいた上司が真っ青になり、その場に土下座したという。それほどノンバンクに対して力があった。

長田と森下との関係は古く、アイチが創業まもないころから東京相和は資金面でサポ

ートしていた。森下や武井も超ワンマンであったが、長田が二人と際立って違うところは気位が高く、〝下の人間〟と親しく口をきくどころか、会話することさえも面倒がった。東京相和の元役職者は、赤坂にある本社で、こんな光景を目の当たりにしたと語る。

アイチの中堅社員が、森下の使いでモネの絵を長田に届けに来たときのことだ。長田も絵画が好きなので、長田のほうから要求したか、森下が長田を絵画ビジネスに引き入れようとして届けたのか、この役職者はわからないと言うが、長田は無言で絵を受け取ると、革張りの椅子に身体を預けた。

（用が済んだのならさっさと帰れ）

目がそう言っていたという。

ところが、アイチの中堅社員は辞を低くして、

「あのう、預かり証をお願い致します」

と遠慮がちに言った。

預かり証というのは「確かに預かりました」という証文である。それを求めるのは、「あなたは信用できない」と言っているのと同じなので、使いの身としては言いにくかったのだろう。

「なんだと！」

案の定、長田会長は激怒した。

このオレに預かり証を書けと言うのか！」

「申しわけございません。森下からそのように申しつかってきたものですから」

身体を小さくし、重ねて預かり証をお願いをすると、長田は舌打ちをして走り書きをして投げつけた。

「後日、私は知ることになるんだが」

と、元役職者が言う。

「その預かり証は担保預かりだった。つまりモネの絵は貸したのではなく、担保として差し出したことになっているんだな。アイチは東京相和から数百億円の規模でおカネを借りているし、同行の部長クラスを出向の形で十人ほど預かってもいる。そうした関係から、〝担保預かりだ〟と言われれば森下さんも強いことは言えない。モネはついぞ返却されることはなかった」

## 社員の分際

夏休みに入り、森下がヨーロッパ旅行に出かけて留守だということで、アイチの若手社員が第一相互銀行の株を長田に届けに来た。このときも、この役職者は立ち会うのだが、アイチのこの若手社員の表情は固く、決死の覚悟で乗り込んで来たようだったという。東京相和からアイチに出向している部長クラスの連中が三人、なぜか同行していた。

第一相互銀行はバブル崩壊後の一九九六年十月、不良債権の処理につまづいて解散に追い込まれるのだが、このときはまだ健全経営で、都内の都市部を中心に中小企業との取り引きが多く、長田会長が同行を傘下に取り込むことを目論んでいた。同行の筆頭株主は、アイチと富士銀行（当時）だった。

アイチの中堅社員は会長室に入ってくると、株券の入ったバッグを膝の上に抱いたままソファに腰を下ろした。

「置いたら帰れ」

長田会長が不機嫌な顔で顎をしゃくると、

「森下から、おカネと交換でお渡しするように言いつかっております」

と言った。

「なんだと貴様！　一介の社員の分際で何を言う！」

「たいへん申しわけありませんが、森下は外遊中です。おカネを払っていただかないと、私は立場上、株券をお渡しするわけにはまいりません」

気丈夫に言うと、長田は舌打ちをして、

「わかった。いま預かり証を書いてやる」

「会長、申しわけありませんが、預かり証では困ります。過日、絵をお持ちしたときに会長から預かり証を頂戴しましたが、担保預かりになっていたので森下に怒られました。私は東京相和の社員じゃなく、森下の社員なのです。森下から言われたことを忠実に実行するのが私の責務です。おカネを頂戴できないなら、株券は持って帰ります」

この言葉を聞いて、役職者は、モネは担保預かりになったことを知り、さすが長田会長だと感心もしたと言うが、驚いたのはこのあとだ。若手社員は長田会長の返事を待たず、バッグを手に立ち上がったのである。

泡を食ったのは、同行してきた出向組の三人である。

「キミは何をやってるんだ！」

「株券を置いていきなさい！」

「何をやっているかわかっているのか！」

長田会長の手前、黙っているわけにはいかなかったのだろう。罵詈雑言を浴びせ、両手を広げて立ちふさがろうとしたが、アイチの若手社員はバッグを胸に抱え、

「すみません、すみません」

と言いながら腰を屈め、ペコペコしながらドアに向かった。

その背後から長田が、

「貴様！　森下に言ってクビにしてやる！」

怒鳴りつけたのだった。


それから二週間ほどして、帰国した森下は長田のもとへ駆けつけてきた。

「このたびはウチの社員がご無礼な態度を取りまして、たいへん申しわけございませんでした」

頭を下げた。

「このあと、私は席を外したので、長田会長と森下さんとの間でどういう話になったのかはわかりませんが、結局、東京相互の株は長田会長には渡りませんでした」

と東京相和の元役職者は語り、こう森下を褒める。

「本来ならクビになって当然なのに、この若手社員は森下さんに可愛がられたと聞きます。森下さんは、社員に持たせたのでは株券はただで取られるかもしれないと懸念していたのでしょうが、届けさせてくれと長田会長が言っているものを〝いやです〟とは言えない。取られることを覚悟していたところが、この若い社員は株券を絶対に渡さなかった。自分の命令を愚直に守ることが嬉しかったのでしょう。森下さんはそういう人なんです」

# 第五章
# バブルの残影

## 銀行からの救難信号が出た

絶頂に立つ者は、背後が絶壁の断崖であることに気がつかない。絶壁に足をすべらせて初めて、自分がそこに立っていたことに気がつく。一代で金融帝国をつくりあげたアイチの森下安道、武富士の武井保雄という「二人の怪物」は、得意の絶頂に立っていることに気がつかず、雲上を仰いでさらなる高みに思いを馳せていた。

森下がアスカインターナショナル・ギャラリーを設立し、世界のオークション会場を席巻し始めてわずか半年後の一九九〇年三月二十七日　大蔵省銀行局は金融界に対して「土地関連融資の抑制について」という通達を出す。

「不動産向け融資の伸び率を、総貸出の伸び率以下に抑える」

これが「総量規制」と言われる行政指導で、土地売買のための融資総額に上限を設けたのである。

狂乱と批判される地価高騰の沈静化が狙いだったが、政府の思惑をはるかに超えて景気は失速する。総量規制からわずか七年の間に東京協和信用組合、安全信用組合、兵庫銀行、太平洋銀行、阪和銀行、日産生命保険，京都共栄銀行、三洋証券、北海道拓殖銀行、山一証券、徳陽シティ銀行が相次いで経営破綻。大蔵省主導の「護送船団方式」は崩壊し、翌一九九八年六月、金融再生のため金融庁が発足することになる。

アイチもこの奔流に呑み込まれ、担保に取っていた土地と株式の急落で絶壁を滑り落ちていく。絵画ビジネスというさらなる頂を仰ぎ見ていた思惑は、まさに得意の絶頂で足元をすくわれることになるのだが、このとき森下はまだそのことに気がつかない。いや、政府でさえ、日本が「平成大不況」の泥沼でもがき苦しむことになろうとは思いもよらなかった。

森下は攻めの姿勢を崩さなかった。

「銀行から救難信号だ」

会長室で、幹部たちを前にして言った。

「出資の要請ですか？」

「不良債権の山を抱えて、このままでは潰れると泣きついてきている」

「厳しいのはお互いさまです。責任はそれぞれが負うべきかと思いますが」

「そのとおりだが、破綻されるとウチにも累《るい》が及ぶ」

「これまで貸し込んだカネは見切るしかなんじゃないですか？」

「ウム」

とうなずいてから、

「だが、チャンスかもしれん」

と森下は語気を強めた。

「まさか救命ブイを？」

「溺れる者は藁をもつかむ。持ち直せば、銀行はウチの財布がわりになる」

「持ち直しますか？」

「銀行が経営破綻するときは日本が沈没するときだ。戦後、わが国において銀行が潰れた例は一行もない。政府は何としても救済するはずだ」

「潰さないという〝念書〟を政府が書けば別ですが、口約束はどうとでも言えます。信用できません」

「おまえたちの現実主義はオレ以上だな」

と言って苦笑した。

森下が言うように、政府は大手金融機関は破綻させないという方針を取っていたが、大蔵省通達から五年後、政府は方針を一転、

「市場から退場すべき企業は退場させる」

として、兵庫銀行が破綻に至るのはすでに述べたとおりだ。

兵庫銀行は東京相和と資金量などをめぐって第二地銀トップの座を争い、「東の東京相和、西の兵庫銀行」と並び称されていただけに、金融界に衝撃が走る。そして銀行・証券・保険各機関は雪崩を打つように破綻していく。金融機関に〝救命ブイ〟を投げ込んだアイチは、それに足を引っ張られ、わずかその四年後、新築して二年の新社屋を代物返済するに至るのだが、このとき森下には、そこまでの危機意識はなかった。

## 夜逃げ、自殺者、家庭崩壊〝サラ金被害〟が社会問題化

総量規制によって一気に資金がまわらなくなり、「土地ビジネス」は鉄火場になっていた。暴落が始まっており、一刻も早く土地を転がさなければ大ヤケドをする。時間と

の勝負に不動産業界は殺気立っていた。土地が動かなくなって、融資があちこちでコゲついている。アイチのこれからの苦境が予想された。

一方、小口金融の武富士に対する逆風もまた、日を追って激しさを増していたが、

「アイチほどじゃない」

という楽観論は根強かった。

だが夜逃げ、自殺者、家庭の崩壊など、〝サラ金被害〟が社会問題化し、メディアが積極的にこれを取り上げている。メディアの批判キャンペーンが大きなうねりとなれば、政府としても黙っているわけにはいかなくなるだろう。万一、グレーゾーン金利に手をつけてくるようなことがあれば、「借り手にも責任がある」、「借りておいて、返さないほうが悪い」という、サラ金が防波堤としてきた自己責任論は通用しなくなる。グレーゾーン金利こそ、サラ金の生命線であったからだ。

当時、貸金業の金利には「利息制限法」と「出資法」の二つがあり、利息制限法では元本に応じて年二〇パーセント〜一五パーセントと金利の上限が決められている。一方、出資法の上限金利は二九・二パーセントと高くなっていて、両者の間の金利をグレーゾーンと呼ぶ。

カラクリは、利息制限法の上限を超える利率であっても、出資法の上限を超えない利率は、違法ではあってても罰則がないことにある。だからノンバンクは平然と利息制限法違反を承知で利息を取る。これが多大の利益をもたらし、同時に消費者を多重債務に陥れることになる。

人権意識の向上という時代の流れにあって、〝濡れ手に粟〟のようなこんなビジネスがいつまでも続くわけがない。事実、二〇〇六年一月、最高裁判所は事実上、「グレーゾーン金利」を認めない判決を下し、これを受けて「過払い利息返還訴訟」が急増、サラ金大手各社は経営難に陥り、銀行傘下に入り、銀行のカードローンの業務を担うようになっていくのだが、それはまだ先のことだった。

武富士に差し迫っての危機感は希薄で、資金が逼迫し、急速に追い詰められていくのは商業手形割引、不動産担保融資、そして絵画ビジネスを中心とするアイチだった。

## 「借金は返さなくていい、貸付はしない」いまは動くな

金融機関が経営難に陥り、アイチの資金調達に支障が出始めた。

本来なら〝救命ブイ〟など投げる余裕はなく、逆風にあっては現金を握ってじっとしているべきだったが、

「それは結果論だ」

と森下は強気の姿勢を崩さなかった。

アイチが保有する運転資金は、このとき五百億円ほどあった。巨額ではあるが、アイチの企業規模からすれば、これだけの資金量ではいつどうなるかわからないという不安があった。

だが、資金調達先はない。

どうすればいいか。幹部社員たちは森下に命じられて銀行など金融関係トップを訪ね、アドバイスを求めた。

共通して言うことは二つ。

「借金は返さなくていい、貸付はしない」

いまは動くな、何もするな——ということだった。

この言葉を会社に持ち帰り、

「じっとしていろと、みなさんはおっしゃっています。五百億の運転資金は手をつけな

いほうがいいようです」

と森下に進言したところが、

「バカ野郎！　カネを何だと思ってるんだ。借り入れ金は持っているだけで利息がつくんだぞ！」

激怒した。

短気で、強気で、即断即決するタイプは、攻めには強いが守りには弱い。じっと耐え、チャンスの到来を待つことが苦手なのだ。

「しかし会長、銀行トップが口をそろえて〝じっとしているべきだ〟とおっしゃっているんです。ここはひとつ耳を貸していただき……」

言葉を選んで意見を口にするが、

「ダメだ。オレは、オレのやり方でアイチをここまで大きくしたんだ。銀行の雇われ社長に何がわかるか。いいか、カネは使ってこそ利益を生むんだ。構わないから、どんどん貸し出しにまわせ！」

経営判断はトップが下す。運転資金の五百億円は、短期の担保手形ですべて貸し出した。

## 五百億円が焦げついた、運転資金が枯渇した

日本全土にリストラの嵐が吹き始めていた。産業界が嵐を避けるべく身体を伏せるなかで、強気の経営がどこまで通用するのか。森下のことだ。独特の嗅覚が働いているのかもしれない。森下には、泥水を啜《すす》ってでも生き延びるバイタリティがあると、社員たちは信じている。この信頼感は人格や倫理、経営手腕といった価値観とは別の、森下の生存本能に対する評価だった。

貸し出した五百億円は二ヶ月ですべてが不渡りになった。全額コゲつきである。ドブに捨てたも同然だった。

ある銀行トップは、こう言った。

「餓死寸前の人間にステーキを差し出したようなものだ。食い逃げされて当然だろう。森下さんらしくないな」

ヤキがまわったのではないか――言外にそう言ったのだった。

アイチはわずか二ヶ月で運転資金が枯渇した。ノンバンクに貸し出す金がないのは、

八百屋に野菜がないのと同じで、自力再生は不可能だ。アイチが生き残る道は一つ。千代田生命を取り込む。抱きつくのだ。

すでに記したように、千代田生命はアイチに一千三百億円の融資をしている。金融規制がますます厳しくなっていくなか、アイチにもしものことがあれば、千代田生命も無傷ではいられない。千代田生命の上層部は

「懸念はしていたが、アイチはそこまでひどいのか」

うめくように言って手を考えた。

問題は森下がそれを納得するかどうかだ。

千代田生命の上層部はアイチを管理下に置くことを森下に納得してもらおうと、その決断の打診をアイチの社員に頼んだ。一方で、

「財務の専門家チームを編成してアイチに行かせる。森下会長には、すぐ了解を取れ」

と、動いた。千代田生命に火の粉が降りかかろうとしていた。

## 怪物の決意

アイチ幹部の一人は、千代田生命を辞したその足で田園調布の森下邸にまわった。タクシーを降りて〝ベルサイユ宮殿〟の正面玄関に立つ。これまでと同じ威容を誇りながら、旭日に映える勢いはなく、西日に色あせて見えるような気がした。

森下は部屋着にガウンを羽織っていた。

「ゴルフ場の視察も連日となると疲れるな」

笑顔を見せた。

そう簡単に音を上げるわけがないとは思っているが、森下は足を踏み外したという自覚のないまま、断崖を滑り落ちている。アイチの幹部は千代田生命が内々に打診して来たことを説明した。

「オレに身を引けというわけだな」

森下がおだやかな口調で言った。

「当面は」

「いずれ機会を見て巻き返しか」

「そのつもりです」

「ま、そのときはそのときだ。明日の風は明日吹く、だな。いいようにしろ」

森下が立ち上がると、ゆっくりとした足取りで応接室から出て行った。

森下は泰然自若として心の裡《うち》を決して人前では見せない。強靭な精神とは、不安をいだかないことではなく、自分の弱さを決して見せないことを言うのかもしれない。

## 〝アイチ丸〟を沈め、新しい船を浮かせる

数日後、千代田生命から財務のエキスパートたち五十名ほどがチームを組んで、四谷のアイチ本社にやってきた。融資先のすべてについて債権内容を精査する。回収可能なものはどれか、不良債権については担保の再評価と、実際に担保の処分ができるかどうか、できたとしてどれだけ回収が可能か。仕事の手際のよさに、さすが大手生保の調査チームだった。

一週間後、千代田生命は調査結果を踏まえ、

「手に負えない」

と通告してきた。

「大量の資金が、裏社会とつながりがウワサされている企業に流れている。土地、絵画、株が、この資金で複雑に動いている。ある程度の出血は覚悟はしていたが、まさかここまでとは想定もしていなかった」

千代田生命の上層部はそう言った。

絵画ビジネスは値があってないようなものだ。マネーロンダリングの温床になっているとも言われ、不透明なカネが動く。融資段階から金の流れを追うのは千代田生命のチームで解明できるが、それと回収とは別だ。裏社会との関わりが見え隠れする相手では、生命保険会社の手に負えない。森下が回収するしかないが、バブルが弾けたいま、無い袖は振れぬで、森下をもってしても難しいだろう。アイチが彼らにまわしたカネは溶けてしまったのである。

「このままだとアイチは倒産する。千代田生命も破綻の危機にある。だがしかし……」

上層部は険しい顔で言った。

アイチは、森下を筆頭に債務整理のプロ集団だ。森下と幹部たちは田園調布の森下邸で会合をもった。森下は諦観していた。暗礁に乗り上げた難破船は沈むしかない。これまでさんざん見てきた現実である。船は見捨て、乗組員を何とか助けるということで方針は一致した。

乗組員を助けるには救命ボートがいる。救命ボートとは、退職金と運転資金のことだ。退職金があれば、次の勤め口を探すまで生活は何とかなる。本来であれば、債権者集会を開いて現状を説明するのが先決だが、ぐずぐずしていて救命ボートの用意が遅れてしまえば、船と一緒に海の藻屑になってしまう。窮余の一策として大口債権者に声をかけ、『森下安道を囲む会』というパーティーを京王プラザホテルで開催することにした。

午後六時から始まった〝囲む会〟は殺気立っていた。アイチのいまの厳しい状況を債権者たちは当然ながら承知している。この席で、森下は何を発するのだろう、と不安を持って迎えた。

当時のことを銀行の元幹部の人間が苦々しく話す。

「森下の前に、アイチの幹部の一人がマイクの前に立って説明を始めました。厳しい内情を伝えたあと『実は、弊社は今月をもって倒産するかもしれません』とブチあげたのです」

これにはこの銀行幹部も、他の金融関係の人間も仰天した。

アイチの業績低迷は承知はしていても、「今月、倒産するかもしれない」と言われたあと、動揺が走り、大きくザワついたが、アイチの人間はかまわず続けたと言う。

「倒産したらアイチの全社員は路頭に迷います。しかし、困るのはうちの社員だけじゃない！　アイチがつぶれたら、あなた方も大変なことになる！」

債権者の心理も、債務者の心理も熟知している。債権者のほうが立場が優位に見えて、現実には債務者のほうが強いのだ。

「経営者として責任をどう取る気だ！」

債権者集会で怒声を発して詰め寄ったところで、「わかりました、好きにしてくださ い」と居直られたらお手上げになる。

債権者の怒声は回収できない苛立ちであり、回収の目処さえ立てばツノをつき合わせる必要もない。むしろ「頑張ってください」と激励である。

この幹部は強気で、

「あなた方も大変なことになる！」

と居直っておいて一転、話をまとめにかかった、という。

ここで変わって森下が登場した。

債権者に向かって深く頭を下げたあと、

「なにとぞ応分のご協力をお願いしたい」

と、たった一言を伝えて、マイクを置き会場を後にした。A銀行の元幹部の話が続く。

「私たちはビックリしました。たった一言で説明が終わるなんて失礼極まりない話です。〝なんとか立て直す〟など、もっとしかるべき具体的な話があっていいのではないか。わざわざ呼ばれて、ここに出向いたのに。千代田生命はあとで百億出したようだが、ウチは一円も出しませんでした」

アイチの幹部は、再びマイクをとって債権者に向かってこう言ったという。

「しかし、アイチは再建させます。必ず再建させます。そのために森下会長もしかるべき手を打っている次第です。そこで、アイチをつぶさないためにも是非、みな様のご協力を仰ぎたい。出資金は三ヶ月後には必ずお返し致します」

目論んでいた二百億円には達しなかったが、それでも森下のカリスマ性を信じた、千代田生命をはじめ十社ほどから百億円を集めることに成功する。貸し込んでいるだけにアイチが倒産したら困るということだけでなく、森下ならアイチを復活させるに違いないという期待感もあったのだろう。

## マムシの森下が消えて行く

百億円は社員たちに支払う退職金と運転資金に使う計画だった。——すなわち救命ボートだった。アイチの手許には大量の小切手や手形があり、試算上は百億円の手当はついていたが、ほとんどが不渡りで返済はできなくなった。結果として債権者たちを騙したことになるが、私腹を肥やすためにやったわけではない。

千代田生命の担当者が、後日アイチの担当者を呼びつけ短期間で返済不能になったことに対して非難したが、アイチ幹部の一人は、

「その時は何とか会社を再建するためにお願いしたことで、本気で再建できると信じていた」と会社の事情を説明して詫びた。

「迷惑はかけたが、あれが精一杯だった」

と、千代田生命の幹部の一人はアイチの別な責任者の一人からもそう聞いていた。

一九九六年、アイチは特別精算を行い、破綻する。森下はメディアの取材に、「個人資産もすべて売却して返済に充てた」と語ったが、「計画倒産ではないか」、「森下は隠し財産を持っているのではないか」という疑念がささやかれ、週刊誌もそう書き立てた。「マムシの森下」がそう簡単に死ぬわけがないというのが大方の見方だった。

アイチの破綻から三年後の一九九九年に東京相和が、さらにその翌年に千代田生命が破綻する。東京相和が破綻処理されるとき、長田会長は、

「潰したら若い者が黙っていないぞ！」

と、金融監督庁（現金融庁）に怒鳴り込んだという逸話が残っている。役人は震え上がって警視庁に警護を要請したところが、

「暴力団から脅かされたわけではあるまいし」

とあきれ、要請を断ったといわれる。

長引く平成不況のなかで、「昭和のカリスマ」たちが表舞台からフェードアウトしていくなかで、「怪物」と森下と並び称される武富士の武井保雄会長は、相次ぐ過払い訴訟に足を引っ張られながらも意気軒昂だった。一九九六年に株式を店頭公開し、九八年

に東証一部に指定替えを果たし、さらにその二年後、ロンドン市場にも上場。二〇〇二年には武富士はじめ大手消費者金融が日本経済団体連合会（経団連）に加盟する。

## そして武井も消えた

アイチは消滅したが、武富士は依然として業界トップの座にいた。

二〇〇一年三月期の売上高ベスト四社は、武富士（四千二十一億円）、アコム（三千七百五十七億円）、プロミス（三千五百九十六億円）、アイフル（二千八百七億円）となり、この年、武井会長は、サンデータイムズ（英国）が発表した世界の長者番付で、日本人で唯一、ベスト50入りすることは、すでに触れたとおりだ。さらに『フォーブス』（米国）が二〇〇六年度に発表した「日本の億万長者ランキング」で資産五六億ドル（六千五百億円）の第二位と認定する。文字どおり日本を代表する大富豪となったことも紹介した。

「満つれば欠けるは世の習い」という言葉がある。満月に至れば、あとは欠けていくのは自然の摂理だ。森下が絶頂で足元をすくわれて断崖を滑り落ちて行ったように、武井会長も明日のことはわからない。

前年、「ジャーナリスト宅盗聴事件」が発覚する。武井会長と法務課長が興信所に依頼し、武井とアイチを批判するジャーナリスト宅に盗聴器を仕掛け、その内容を盗聴していたという事件だった。大富豪と盗聴事件。メディアは大スキャンダルとして書き立てた。

一部上場企業の経営トップが盗聴という違法行為に関与するなど、常識的にはあり得ないことだ。違法を承知で、どうしてもそうせざるを得ない事情があるなら、腹心を迂回し、命令の出どころをわからなくする。だが、武井の性格を知る人間は、直感的に武井がみずから手を汚したと思ったという。

「なぜなら、武井会長は人まかせにできない人間だから」

と口をそろえる。無料配布するポケットティシュの製作単価に口を出すという一例をとっても、このことにうなずかされるだろう。

武富士の元関係者は、

「サメの業《ごう》」

という言葉を使った。

サメは生涯を通じて泳ぎ続ける。アイチの森下会長がそうであったように、武井会長も泳ぎ続けなければ生きていけないという業を背負っているということか。

武井会長の悪評は、これまでさんざんメディアを賑わしてきた。武富士の過酷な取り立ては〝社会の敵〟のような書き方もされた。それでも武富士は社会のニーズを背景に成長し、一部上場という厳しい審査をパスした。フリーライターの批判記事など放っておけばいいものを、なぜ武井はそこまで記事に神経をとがらせたのか。

理由は株価だろう。これまで社会批判にさらされてきた武富士は、風評が即座に株価に跳ね返ってくる。武富士の株式はほとんどが武井一族の持ち株であることから、株価がちょっと下がるだけで、財産の目減りは莫大なものになる。武井はそれが耐え難かったのではなかったか。

欲はモチベーションになる。地位、名誉、カネ。強烈な欲求は燎原の火となり、周囲を焼き尽くして成長していく。アイチの森下会長は、その火で自分自身をも焼き尽くしてしまった。森下会長に限らず、バブルで一世を風靡した人達は、みんなそうだ。武富士の武井会長だけが生き残り、さらなる成長を遂げてきたが、最後は盗聴事件で自身を焼き尽くすことになる。

盗聴事件発覚から三年後の二〇〇三年十二月、武井会長は事件に関与したとして電気通信事業法違反で逮捕され、武富士会長を辞任。翌二〇〇四年十一月、懲役三年、執行猶予四年の有罪判決を受ける。そしてその二年後の二〇〇六年八月十日、みずからを焼き尽くすかのように肝不全のため七十六歳で死去する。

一方の森下は表舞台から姿を消したが「マムシ」のように生き延びて不動産業を再興。矍鑠《かくしゃく》として、八十歳を過ぎたいまも、土地取引の裏でその名がささやかれる。

## 参考資料


『武富士流　金儲けの極意——金貸しの神様、ここにあり』（高島望／ポケットブック）
週刊現代（1984年7月21日号）
週刊現代（1985年9月28日号）
週刊現代（2006年9月9日号）
週刊宝石（1985年9月27日号）
週刊文春（1989年11月9日号）
週刊文春（1996年2月22日号）
週刊新潮（2003年10月9日号）
週刊新潮・別冊（2016年8月23日号）
週刊ポスト（2003年12月5日号）
週刊ポスト（2004年5月21日号）
フライデー（1985年9月20日号／1989年10月13日号）
フォーカス（1985年9月20日号）
フォーカス（1989年1月13日号）
月刊Asahi（1990年8月号）
アサヒ芸能（2003年12月18日号）
フォーブス（1998年9月号）
月刊BOSS（2006年11月号）
日経ビジネス（2006年8月21日号）

# 向谷匡史

むかいだに　ただし

一九五〇年、広島県呉市出身。

拓殖大学を卒業後、週刊誌記者などを経て作家に。

浄土真宗本願寺派僧侶。日本空手道「昇空館」館長。保護司。

主な著作に『田中角栄「情」の会話術』(双葉社)、『ヤクザ式最後に勝つ「危機回避術」』(光文社)、『安藤昇90歳の遺言』(徳間書店)、『子どもが自慢したいパパになる最強の「おとうさん道」』(新泉社)、『小泉進次郎「先手を取る」極意』、『太陽と呼ばれた男　石原裕次郎と男たちの帆走』、『田中角栄の流儀』、『熊谷正敏稼業』、『渋沢栄一「運」を拓く思考法』(青志社)など多数ある。

[向谷匡史ホームページ]http://www.mukaidani.jp

# アイチ　森下安道
# 武富士　武井保雄
# 二人の怪物

二〇一九年十二月二十五日　第一刷発行

著者――――――向谷匡史
編集人・発行人――阿蘇品 蔵
発行所――――――株式会社青志社
〒一〇七-〇〇五二　東京都港区赤坂六-二-十四　レオ赤坂ビル四階
（編集・営業）
TEL：〇三-五五七四-八五一一　FAX：〇三-五五七四-八五一二
http://www.seishisha.co.jp/

本文組版――――株式会社キャップス
印刷・製本――――株式会社太洋社


ISBN 978-4-86590-096-5 C0095